suhrkamp nova

Es beginnt wie ein Roadmovie. Im gemieteten Transporter fahren Martin und sein bester Freund Noah über die Autobahn. Auf der Ladefläche der Speer der bronzenen Athene vom Münchner Königsplatz, Trophäe einer rauschhaften Sommernacht. Stunden später sind sie zurück an den Orten ihrer Kindheit: Die Spielstraßen, die Fenchelfelder, die Kiesgrube haben sie vor Jahren hinter sich gelassen. Auch Mugo ist zurück, die kluge, wütende Mugo, die immer vom Ausbruch aus der Provinz geträumt und Martin damit angesteckt hat. Sie wollte raus aus der Kleinstadt, aus dem Plattenbau mit Blick auf Einfamilienhäuser und Carports. Nun arbeitet sie an der Tankstelle am Ortseingang und will nichts mehr von Martin wissen. Sogar Noah wird ihm in der vertrauten Umgebung immer fremder. Auf sich allein gestellt, ist Martin gezwungen, das Verhältnis zur eigenen Herkunft zu überdenken.

Mit Witz und voller Wärme erzählt Kristin Höller in ihrem Romandebüt vom Erwachsenwerden: von der Verwundbarkeit, der Neugierde, der Liebe und der Wut, von großen Plänen und den Sackgassen, in denen sie oftmals enden. Sie erzählt von der Entschlossenheit der Mütter und dem Erwartungsdruck der Väter, vom Ende einer Freundschaft und der Schönheit von Regionalbahnhöfen. Existentiell, tröstlich, hinreißend.

Kristin Höller

Roman

Suhrkamp

2. Auflage 2019

Erste Auflage 2019
suhrkamp taschenbuch 4995
Originalausgabe
© Suhrkamp Verlag Berlin 2019
Suhrkamp Taschenbuch Verlag
Alle Rechte vorbehalten, insbesondere das
der Übersetzung, des öffentlichen Vortrags
sowie der Übertragung durch Rundfunk und Fernsehen,
auch einzelner Teile.
Kein Teil des Werkes darf in irgendeiner Form
(durch Fotografie, Mikrofilm oder andere Verfahren)
ohne schriftliche Genehmigung des Verlages reproduziert oder
unter Verwendung elektronischer Systeme
verarbeitet, vervielfältigt oder verbreitet werden.
Umschlaggestaltung: zero-media.net, München
Druck und Bindung: CPI – Ebner & Spiegel, Ulm
Printed in Germany
ISBN 978-3-518-46995-8

SCHÖNER ALS ÜBERALL

Für meinen Vater Frank

1

Unten vor der Tür steht ein Transporter. Der Speer muss weg, sagt Noah, er muss weg, steig ein, los, steig ein! Ich sage, gut, ist ja gut, wir machen das, entspann dich, und Noah rennt um das Auto herum und hastet hinters Lenkrad. Unsere Türen knallen zeitgleich, der Motor ist so laut in der Nacht, es ist noch ganz warm. Noah wendet, er blinkt, er gibt Gas, er atmet zu schnell. Ich weiß nicht was tun bei so viel Aufregung, und darum sage ich erst nichts, bis sich alles beruhigt hat, halbwegs. Die Straßen in der Stadt sind auch jetzt noch ganz voll, wir halten an vier Ampeln, bis wir raus sind. Noahs Finger umschließen den Schaltknüppel, als wäre er ein Schatz, eine Goldkugel, die er nie mehr aus der Hand geben darf.

Dann die Autobahn. Ich denke an den Speer im Laderaum, wie er da liegt hinter uns, lang und glänzend und mit der scharfen Kante vorne, an der sich Noah letzte Nacht die Hand blutig gerissen hat. Nicht schlimm, hat er gesagt, ich komm schon klar, aber das stimmt nicht. Noah kommt nicht klar, gerade und gestern Nacht nicht und eigentlich auch den ganzen langen Tag heute. Noah hat Flecken unter den Armen und eine fettglänzende Stirn, er sieht schlecht aus und ungewohnt. Dabei ist es gar nicht so tragisch, ich würde sogar behaupten, all das ist eine Überreaktion, eine einzige lächerliche Übertreibung, weil Noah langweilig geworden ist und er etwas Drama braucht. Weil eine Zeitlang so viel passiert ist in seinem Leben und nun eben nicht mehr, und damit muss man sich auch erst mal abfinden, und ich glaube nicht, dass er das schon getan hat, und darum vielleicht jetzt das hier.

Ich habe meine Jacke vergessen, sage ich, weil es stimmt. Ich hatte ja kaum Zeit zum Packen, als Noah angerufen hat um kurz vor elf und gesagt, das mit dem Speer müsse jetzt ganz schnell gehen und darum auch das Auto. Da habe ich nur das Nötigste genommen, also Handy, Geld, eine Packung NicNacs und sonst nichts, weil mir nie einfällt, was mir wichtig ist, wenn es darauf ankommt. Und so habe ich die Jacke vergessen, aber das macht nichts, denn es ist ja warm, und es wird warm bleiben die nächsten Stunden; es ist eine Sommernacht, schließlich.

Als wir auf die Autobahn auffahren, frage ich Noah, wo er hin will. Er sagt, dass ihm das egal ist, Hauptsache, niemand sieht diesen verdammten Speer je wieder, am besten irgendwo versenken, vergraben, verbrennen. Verbrennen geht nicht, sage ich, das ist ja Bronze, weißt du, der würde nur heiß werden. Ja, sagt er, das weiß ich auch, sagt er, war nur ein Scherz. Er sieht nicht aus, als sei ihm nach Scherzen, aber das ist nicht neu in letzter Zeit. Ich weiß noch, dass das anders war, früher, als wir Kinder waren und zusammen mit den Kaulquappen in den Pfützen gespielt haben, oder auch noch vor ein paar Monaten, als alles gut lief bei ihm und das Geld auf ihn einprasselte wie billige Bon-

bons bei Karnevalsumzügen, wie damals, wie dort, wo wir herkommen.

Noah weiß immer wohin, außer jetzt. Jetzt fährt er einfach drauflos, fährt auf der linken Spur und wartet, bis der Tank leer ist – der Tank ist noch ziemlich voll. Ich frage, ob nicht hundert Kilometer reichen, ich meine, hundert Kilometer, wer soll denn danach suchen, das ist doch letzten Endes auch nur Altmetall, wenn man es mal so sieht, oder?, aber Noah schüttelt nur den Kopf und sagt, er muss ganz, ganz sichergehen, denn wenn das rauskommt, dann ist er im Arsch, komplett im Arsch, also wirklich, hundert Prozent. Ich sage, ich weiß ja nicht, so schlimm wird es schon nicht ... aber dann wird Noah richtig wild und brüllt, dass ich davon doch keine Ahnung habe und jetzt bitte einfach nur den Mund halten soll, und das tue ich, weil er womöglich recht hat und mein Kopf plötzlich so schwer wird, dass ich ihn anlehnen muss, unbedingt.

Ich schließe die Augen und denke an gestern Nacht. Ich denke an die Party, ich denke an die Gratislongdrinks und an das Fischgrätparkett. Fischgrätparkett ist teuer, aber Fischgrätparkett in München, das ist quasi wie ein Diamantencollier, auf dem man jeden Tag herumspaziert, also einfach ehrlich unbezahlbar. Ich denke an die schlichten, schicken Stehleuchten und die schicken Frauen darunter und an das Prickeln in den Gläsern, die sie mit ihren langgliedrigen Fingern umschlingen.

Ich kenne solche Leute nicht, aber Noah kennt sie, seit der Rolle vor zwei Jahren, seiner allerersten. Am Anfang hatte er nichts, nur einen unterschriebenen Vertrag, und dann kam der Film in die Kinos, kein guter Film, lustig zwar, aber mit zu viel Plastik und Verwechslungen und Menschen, die rückwärts in Swimmingpools fallen. Es ist aber so, dass das ziemlich vielen Menschen gefällt, mir nicht, und Noah eigentlich auch nicht, aber dafür so etwa 5,4 Millionen anderen oder noch mehr, die dafür in den Kinos waren, und auf einmal war Noah berühmt.

Das war neu für ihn, aber überrascht war er nicht, denn er hatte es heimlich immer gewusst; er, seine Eltern, die ganze Reihenhaussiedlung zu Hause, alle haben es gewusst, seit er klein war. Und alle haben gewusst, das ist es, als sein Vater ihn in das Casting geschleust hat, jetzt ist es so weit. Dann kamen die Auftritte im Frühstücksfernsehen und die roten Teppiche, die eigentlich nur aussehen wie Badvorleger, wenn man nah genug dran ist, dann kamen die Partys und die schönen Mädchen, und dann kam erst mal nichts mehr.

Er ist zwar immer noch oft eingeladen, und ich komme immer noch mit. Nur haben die Wohnungen keine Dachterrassen mehr und keine automatischen Eiswürfelspender, und manchmal gibt es auch nur Bier und Wein und keinen Schnaps. Er hat auch immer noch Geld, auf dem Konto und auf einem zweiten und ein paar Scheine in dem kleinen roten Spielzeugferrari auf der Fensterbank, wie früher, nur dass jetzt eben kein neues nachkommt. Dass er damit erst mal auskommen muss, auskommen, sagt er und schnaubt aus dem Hinterhals heraus, ein bisschen haushalten, was zurücklegen. Oder eben Werbung für Joghurt machen, die haben ihn angefragt, vor zwei Wochen, für einen TV-Spot, aber Noah wollte nicht. Nein, hat er gesagt, dass es so weit, also, sicher nicht, eher ...

Jetzt geht er weiter auf Partys, und ich auch, denn ich bin immer dabei. Es sind jetzt nur noch Stellvertreter und Assistenten, die ihn einladen, immer noch gute Leute, immer noch alles ganz toll glänzend und angestrahlt, aber eben nicht mehr so wichtig wie am Anfang, als er neu war und ganz und gar unbeschrieben, vor ein, zwei Jahren und noch vor ein paar Monaten. So ist das eben, sage ich zu ihm, obwohl ich doch eigentlich auch nicht weiß, wie es ist, und vor allem nicht, wie es sein soll. Und dann war da dieses Gespräch letzte Woche und irgendein Produzent, der zu ihm gesagt hat, ja, danke, aber sein Gesicht, das sei einfach zu verbraucht, da müsste man immer denken an ...

Und gestern Abend stand er da im Sommerhemd, die aufgekrempelten Ärmel hochgeschoben, dass die Armhaare abstanden, ein bisschen, und dachte an früher und wurde ganz unglücklich. Ich sehe das an seinem Kopf, was er denkt, wirklich, ich muss nur von außen draufblicken und weiß, was drin passiert. Martin, sagt er dann immer und zwinkert mit den Augen wie ein Kind, Martin, schau mich nicht so an, ich will das für mich behalten. Ich würde es ihm gern lassen, ich würde ihm gern lassen, was er denkt, aber er ist so schrecklich leicht zu durchschauen, leider. Und wie er da so stand, mit seinem Glas Wein in der Hand, die dritte Person in einem Zweiergespräch, eingeklinkt, abseits, da hab ich gesehen, dass er wieder fürchtet, das könnte es schon gewesen sein, für immer, für ewig gewesen sein, und eine Angst überkam ihn und gleichzeitig eine Wut, dass man sich auf etwas einstellen konnte. Ich hab ihm dann gesagt, dass jeder diese Angst hat, jeder hier, auch ich, vor allem ich, und bei mir ist noch nicht mal etwas passiert, und darum dürfte ich in dieser Rechnung ja wohl richtig Angst haben und nicht er, aber das hört er nicht in solchen Momenten.

Er macht dann immer etwas Unüberlegtes. Gestern Abend hat er Wein getrunken, ein paar Gläser und dann noch ein paar, obwohl er gar keinen Rotwein mag, ich weiß das. Ich weiß, dass er auf seine Zunge beißt, hinten rechts, wenn er Rotwein trinken muss, nicht fest, nur ein bisschen einklemmen, dann ist die Säure leichter zu ertragen. Vor ein, zwei Jahren hat er immer noch abgelehnt, wenn ihm etwas angeboten wurde, das er nicht mochte, aber jetzt will er nicht unangenehm auffallen, nicht auch das noch. Gestern Abend also waren es ziemlich viele Gläser, seine Zunge muss sich taub angefühlt haben, oder vielleicht hat er sich sogar insgesamt taub gefühlt, am ganzen Körper.

Noah kriegt immer gute Laune von Alkohol, die beste von Sekt, mit Wein wird er so mondän, aber das kam gut an auf der Party, und bald scharten sich ein paar junge, teuer angezogene Menschen um ihn und lachten mit breiten Mündern und sogar mit den Augen. Noah ist gut in solchen Runden, er redet und zwirbelt das Glas in seiner Hand und spielt Gespräche nach, die er nie erlebt hat, aber das weiß ja niemand außer mir. Er sagt Sachen wie, ich würde das nie machen, aber Heroin nehmen, das soll sich anfühlen, wie wenn man Papier schneidet, und auf einmal hat man diesen Winkel, in dem die Schere so seidig durchrutscht.

Die Hälfte der Menschen auf solchen Partys ist über vierzig und wichtig, die andere Hälfte ist jung und schön oder sonst irgendwie bemerkenswert. Dann gibt es noch mich; ich bin nichts davon, aber niemand traut sich, mich zu fragen, was ich hier mache. Ich komme mit Noah, das ist meine Absicherung für den Abend. Bei den Jungen sind immer ein paar dabei, die sich schon zu erwachsen fühlen, obwohl sie es noch gar nicht sind, und die darum ganz versessen darauf sind, junge, verrückte Dinge zu tun.

Das hat deshalb gepasst, als Noah plötzlich geschrien hat, Taxi, Taxi, und dabei mit seinen Armen gefuchtelt, als wäre er ein Kind und jetzt endlich Schulferien, und es ging etwas durch die Menschen, wie Elektrik, und sie riefen auch: Taxi, ja, los. Ich habe Noah gefragt, wo er denn hin will heute Abend, und er hat nur noch lauter geschrien in mein Gesicht, die Mundwinkel rot von Wein, und ist rausgestürmt und zehn Leute hinter ihm her. Noah hat zwei Großraumtaxis bestellt, und wir sind eingestiegen und gefahren, immer weiter gefahren durch die Nacht, bis Noah plötzlich halt geschrien hat, halt! Stehen bleiben, hier.

Das war der Königsplatz, groß und leer und schwarz, und wir sind alle raus und standen da, und es war so eine Weite, dass einem ganz schwindelig werden musste. Dann ist Noah losgerannt, über die getrimmten Rasenflächen und immer auf die Athene zu, auf die große, bronzene Athene auf dem Sockel, die da so eisern stand. Wer zuerst oben ist, hat er gerufen, und ich habe noch gedacht, was meint er nur damit, wo denn hoch?, aber da sind alle schon gerannt wie völlig von Sinnen und ich dann hinterher. Wie wir so gelaufen sind über das weite Feld, mitten in der Nacht, mitten in der Stadt, da hab ich wieder gespürt, warum Noah es geschafft hat bis hierher und warum alle das wussten, immer schon. Wenn Noah rennt, dann rennen sie ihm hinterher, folgen ihm überallhin, weil er so einladend läuft und so charmant ausschaut dabei und weil er einfach in den Köpfen herumzündelt, bis alle voller Feuer sind für ihn, obwohl er nicht mal ihre Namen kennt. Und so auch gestern Nacht, sie sind gerannt mit wackligen Füßen, den Alkohol bis unter die Stirn, und haben gejauchzt und die Arme hochgeworfen und sich endlich ganz furchtbar wahrhaftig gefühlt.

Das sind drei Meter, hab ich gesagt, als wir unten standen, mindestens, also mindestens zweieinhalb, komm doch da runter, bitte. Aber Noah wollte nicht und stand schon auf dem Sockel, und die Mädchen klatschten in die feinen Hände und lachten und setzten Weinflaschen an die schönen Münder.

Ich habe Angst gehabt um Noah, keine richtige Angst, eher eine Sorge, berechtigt, denn es war hoch dort oben, und er war betrunken, aber ich habe nichts mehr gesagt, ich meine, er ist erwachsen und berühmt, und er muss das alles selbst wissen. Und dann wollte er noch weiter hoch, wollte auf die Statue, weil alle so geschrien haben und ihn angefeuert, und er hat sich am Speer festgehalten, den die Athene in der linken Hand hält, und seine Füße gegen das Statuenbein gestemmt, und dann ist es passiert.

Er ist einfach abgebrochen, der Speer, gleich oben an ihrer Hand, und Noah ist runtergefallen wie ein Tier, wie ein Insekt mit dem Bauch nach oben. Er hat dagelegen im Schotter, den Bronzestab neben sich, und hat ganz gepresst geklungen. Ich bin hin zu ihm und auf die Knie, aber er hat gesagt, dass alles in Ordnung sei, wirklich, das geht schon, und dann ist er aufgesprungen und hat die Arme hochgerissen wie bei der Tour de France. Es ist, hat er gerufen, es ist alles in Ordnung! Und die Mädchen haben gejubelt und sind herumgehüpft, und alle waren ausgelassen. Ich hab gesehen, dass er Schmerzen hat, hinten an der Schulter, auch wenn er das nicht zeigen wollte, aber er hat sein Gelenk immer so nach hinten gekugelt, heimlich. Noah hat sich also nichts anmerken lassen, sondern einfach ein Ende des Speeres angehoben und sich dann auch noch geschnitten dabei an der scharfen Kante, da war Blut an seiner Hand. Das haben auch die anderen gesehen und diesen riesigen Speer hochgehoben, alle haben mitangefasst, obwohl er so schwer doch gar nicht sein konnte. Ich war betrunken, ein bisschen, aber ich weiß, dass ich nach oben geschaut habe in diesem Moment und die Speerspitze gesehen habe, wie sie traurig aus Athenes Hand herauslugte, und ich habe da schon gedacht, dass das ganz bestimmt Ärger gibt, aber ich wollte nichts sagen, weil Noah gerade einen Lauf hatte, genau in diesem Moment.

Sie haben den Speer über den Platz getragen, alle hielten sich daran fest; die Mädchen platzierten ihre Hände auf der Bronze und trippelten nebenher, dass es aussah wie an einer Ballettstange.

Das war etwas, das werde ich nicht vergessen. Noah war so frei und gelöst in dieser Sekunde und hatte alles vergessen um sich herum, sogar mich. Wenn ich mich umgedreht hätte und zur U-Bahn gelaufen wäre – er hätte es nicht bemerkt, wirklich, er hätte mir bloß am nächsten Tag geschrieben, wo warst du?, hätte er geschrieben, gute Nacht gewesen. Aber ich bin hinterhergegangen, trotzdem, ich bin dem Speer gefolgt und allein über den warmen Königsplatz gelaufen, und als ich mich an den Boden gewöhnt hatte, an die Steine, an das Gras, da kamen Fassaden von links und rechts und machten alles ganz eng, und wir waren wieder in den Straßen.

Ich hatte keine Ahnung, wo die hinwollten, erst, aber dann hat Noah einen Chor aus ihnen gemacht, und sie riefen: Tanzen, tanzen, immer im Rhythmus ihrer Schritte. Es gibt dort einen Club, in den wir manchmal gehen, nur ein paar Meter entfernt, und den haben sie angesteuert, im Gleichgang, wie eine entschlossene, riesige Raupe. Ich wusste, dass das nicht gut ist, denn da waren ja noch Menschen überall, und ein paar davon kannten sicher Noahs Gesicht, aus dem Kino oder aus der *Gala* oder von Plakaten wenigstens, und wenn man es genau nimmt, dann war das schon so etwas wie Diebstahl, wenn auch aus Versehen, ganz aus Versehen. Ich kann mich auch nicht mehr an alles erinnern, nur, dass Noah nicht nachgedacht hat gestern Abend, einfach nicht nachgedacht, und diese Bronzestange mit sich herumgetragen in seiner blutenden Hand.

Viel ist dann nicht mehr passiert, eigentlich. Wir haben uns angestellt in die Schlange, sie war nicht sehr lang, und bald war da der Türsteher, der gesagt hat, nein, also, ihr glaubt doch nicht ernsthaft, nicht mit diesem Teil, ich will nicht wissen, wo ihr das ..., schönen Abend noch. Und dann standen wir da wieder draußen mit dem Ding, das so sperrig war und vorne so spitz, und wussten nicht wohin damit, und dann hat Noah gesagt, scheiß drauf, wir bringen das jetzt zu mir, das ist unsere Trophäe, das ist unsere Nacht, und die andern fanden das gut.

Noah wohnt nicht weit von dort im zweiten Stock, in einem Haus mit weißer Fassade und tollem Treppenhaus, in einer Wohnung mit Holzdielen und sogar Kunst an den Wänden, seit kurzem. Wir haben den Speer hochgetragen, das war nicht ganz leicht in den Ecken, und dann haben wir ihn in Noahs Flur gelegt, vorsichtig, alles kein Problem. Dann haben wir noch etwas herumgestanden, und zwei der Mädchen haben ihre Nummern dagelassen, und dann sind die anderen gegangen. Ich bin dortgeblieben, wie ich es manchmal tue, denn mein Zimmer ist klein und außerhalb der guten Viertel. Ich habe eine Maß Wasser getrunken und Noah auch, das machen wir, wenn wir nachts heimkommen, auch wenn wir glauben, dass nichts mehr reinpasst in unsere Bäuche. Wir denken an den Kater am nächsten Tag und trinken alles in einem Zug, den ganzen Liter, und dabei schauen wir uns an, damit der andere nicht aufgibt. Dann habe ich mich hingelegt, auf das Sofa im Wohnzimmer, und geschlafen, bis es hell wurde. Das war sehr bald, denn es ist spät gewesen und Sommer, und die Vorhänge in Noahs Wohnung sind alle weiß und leicht wie in der Raffaello-Werbung. Ich bin aufgestanden und heimgefahren mit der Tram und zu Hause noch mal ins Bett gegangen, und als ich wieder wach wurde, da hatte ich so viele verpasste Anrufe und Nachrichten wie lange nicht mehr, alle von Noah.

Er hat sich den Speer noch mal angeschaut, morgens, und der hat ganz schön wertig ausgesehen im Hellen. Und die Athene, wenn man sie googelt, sei viel größer als letzte Nacht und alles. Dann war es nachmittags, und es kamen die ersten Meldungen, nichts ganz Dramatisches, aber immerhin eine Stellungnahme von der Antikensammlung mit einem Foto des Direktors, wie er mit erzürntem Finger auf die einsame Speerspitze zeigt. Und von der Polizei eine Mitteilung und eine kurze Nachricht online von der Münchner *Abendzeitung*, in der etwas von mehreren zehntausend Euro Schaden stand und professionellen Metalldieben, und da hat Noah langsam Panik bekommen. Er hat sich an den Türsteher vor dem Club erinnert und an die Menschen auf den Straßen, die vielleicht heute an ihn denken. Ihm sind die Mädchen eingefallen, von denen er zwar die Nummern hat, aber nichts sonst, und dass sie alle zu viel wissen. Und dass er seine Karriere vergessen kann, wenn das rauskommt, dass das sein Ende sein könnte, ein Teeniestar, der abrutscht und kriminell wird.

Ich habe Noah recht gegeben, und dass das ein Problem ist, schon, aber dass wir da sicher eine Lösung finden würden. Dass ich all das gestern Abend geahnt habe, das habe ich ihm nicht gesagt, denn ich wollte es nicht noch schlimmer machen. Ich habe gesagt, dass wir den Speer in den Wald bringen könnten oder ins Wasser werfen, in den

Eisbach, oder meinetwegen bis nach Starnberg, das würde doch niemand mitkriegen, und so im Wasser, da wären die Fingerabdrücke auch nicht mehr zu erkennen. Aber Noah hat gesagt, nein, der muss ganz weg, den darf nie wieder jemand sehen, nie mehr. Da war es abends, und ich habe gesagt, dass wir uns da morgen drum kümmern können, so eilig sei es ja schließlich nicht und der Speer immer noch in seiner Wohnung.

Und dann hat mich Noah angerufen, eben, kurz vor elf, ich war schon fast im Schlafanzug. Er hat geflüstert am Telefon und gesagt, dass ich runterkommen soll, wir müssten das jetzt erledigen, los, komm, schnell. Ich habe gefragt, warum er flüstert, aber er hat noch mal geflüstert als Antwort, und zwar, dass ich die Fresse halten soll und nicht solche Fragen stellen und einfach runterkommen, sofort. Ich brauch dich, hat er noch gesagt, und das hat meine Ohren aufgeweckt und meinen ganzen Körper, weil Noah das nie sagt zu mir oder zumindest ganz, ganz selten, und wir wissen beide, dass es öfter andersherum ist, obwohl wir nie darüber sprechen.

Ich bin also runter, und da stand er, mit wippenden Fersen, das Handy noch in der Hand. Er hat gesagt, dass ich einsteigen soll, und das bin ich, und nun sitze ich hier, neben Noah, nachts auf der Autobahn mit geschlossenen Augen, wie damals auf der Fahrt in den Urlaub nach Italien, schläfrig und halbwach dabei.

Ich mache die Augen wieder auf und fühle mich fremd. Ich weiß nicht, wie spät es ist, aber ich habe das diffuse Gefühl, dass ich nicht nur nachgedacht, sondern auch ein bisschen geschlafen habe, nur kurz, wegen der Aufregung vorhin und gestern und überhaupt. Noah neben mir fährt immer noch, was sonst, fährt auf der linken Spur und sieht dabei selbst aus wie eine Statue, seine Hand verbunden mit einer Mullbinde. Ich schaue aus dem Fenster. Ich sehe nichts, oder fast nichts. Nur die Leitplanke und die weißen Linien, die rechts und links neben uns herfahren, und die kleinen Poller, die sagen, wie viel fünfzig Meter sind, damit man es nicht vergisst.

Dann kommt ein Schild. Auf dem Schild steht Ulm. Ulm, sage ich, was wollen wir denn da?, und Noah sagt, weiß nicht, wir fahren weiter. Ich lehne mich zurück und denke gar nichts mehr, also, eigentlich denke ich, soll er doch, dann fahren wir eben sonst wohin. Und das machen wir, wir reden nicht, und ich frage auch nicht, wie der Speer in den Transporter gekommen ist. Ich stelle mir Noah vor im Treppenhaus, nachts im Dunkeln, wie er ihn runterträgt, allein. Auf den Schildern steht Ulm und Stuttgart und Mannheim und irgendwann Koblenz, und ich habe so ein Gefühl, langsam, ein Gefühl für die Strecke und wo sie hinführen könnte. Hinter Mannheim dämmert es, und die Farben am Himmel sind kräftig und so voll, dass ich fast weinen muss bei dem Gedanken, dass das vielleicht jeden Morgen so aussieht und wir es bloß verschlafen, aber ich bin zu müde. Mit jedem Schild wird Noah wieder mehr er selbst, wird wacher und wirft mir Seitenblicke zu, wie er das sonst macht, wenn wir Auto fahren. Ich öffne die Packung NicNacs und schütte ein paar in seine Hand, er schaltet das Radio ein, erst Rauschen, dann Schlager, natürlich, und über uns die rosa Wolken. Wir sind einfach weggefahren, sagt er. Ja, sage ich, scheiß doch auf die Stadt, und er sagt, scheiß drauf, und uns ist alles egal jetzt, alles, was hiergegen spricht und was uns sagt, dass das ein riesiger, riesengroßer Unsinn ist. Wir fahren sechshundert Kilometer ohne Pause, in einem gemieteten Transporter ohne Gepäck, ohne Jacke, nur wir beide auf der leeren Autobahn und hinter uns der Bronzespeer auf der Ladefläche. Es ist fünf Uhr morgens, es ist schon ganz warm, Noah öffnet die Seitenfenster, bis die Trommelfelle im Wind flattern wie Strandlaken, ich drehe den Schlager laut, und so fahren wir die letzten Kilometer nach Hause.

2

Als wir das Ortsschild sehen, ist es früh, aber hell und Samstag. Samstag, das ist hier etwas anderes als in der Stadt. Für uns ist jeder Tag gleich, oder ähnlich zumindest, aber hier, da ist der Samstag das Wochenziel, ein Wunschtag. Es gibt Leute, die essen nur am Wochenende Brötchen, und da kriegt der Samstag direkt ein ganz anderes Gewicht. Der Samstag früher hat sich angefühlt, als sei alles möglich, als könne man fahren, wohin man will, und tun, was man will, und vielleicht sogar über Nacht bleiben. Der Sonntag ist nicht so gewesen, der Sonntag war immer scheiße, denn da hatte alles zu, und der nächste Tag war immer ein Montag, und das war ein Gefühl wie kurz vor dem Ende der Welt.

Der Ort hier fühlt sich auch an wie das Ende der Welt, jetzt und jedes Mal, wenn ich zurückkomme. Das ist nicht sehr oft, dreimal im Jahr vielleicht, und immer nur höchstens eine Woche. Die Autobahn macht einen Bogen um die Stadt, wir fahren drum herum, wir gehören nicht dazu. Wir nehmen die nächste Ausfahrt, und dann kommt die Landstraße und die Fenchelfelder, die so nach Anis riechen am Ende des Sommers, und irgendwann sehen wir die Fabrik für Tiefkühlkost, die unter den Strommasten steht. Es ist eine komische Gegend hier. Wir sind nicht auf dem Land, dafür ist zu viel Beton überall, wir sind nicht in der Stadt, denn hier ist ja nichts, wir sind irgendwo dazwischen, wo man nirgends hinkommt ohne Auto, eine Zwischengegend. Hier wohnen Menschen, die in der Stadt arbeiten und im Grünen leben wollen, aber weit genug rausgetraut haben sie sich nicht. So grün ist es nämlich gar nicht, dafür alles verkehrsberuhigt und flach, und man kann von überall aus sehr weit sehen. In Noahs Zimmer konnte man nachts bei Sturm die Planen auf den Feldern rauschen hören, und es klang wie das Meer, im Halbschlaf.

Hier gibt es keine Geschäfte, bloß einen Friseur und einen Bäcker. Der hat jetzt schon auf, und darum sage ich, stopp, wir können Brötchen holen. Wir parken und gehen rein, und die Frau hinterm Tresen sieht aus, wie eine Bäckereifachverkäuferin eben aussieht, und deshalb kommt sie mir bekannt vor, aber in Wirklichkeit habe ich sie noch nie gesehen. Das hier ist kein Ort, wo man überall gesagt bekommt, wie groß man geworden ist, und dazu vielleicht eine Scheibe Fleischwurst geschenkt kriegt, so ist es hier nicht. Ich kaufe eine Tüte Brötchen voll, wahllos durcheinander, und Noah fährt mich heim. Meine Eltern wohnen in einem Reihenhaus, auf den Gardinen sind kleine Mohnblumen, immer schon, und vor der Haustür eine blaugetöpferte Schnecke. Vom hinteren Garten aus kann man auf Noahs Haus blicken, das Haus seiner Eltern, die beide Architekten sind, und das sieht man. Es steht auf einer Anhöhe, damit alle es ständig angucken müssen, es ist groß mit viel zu vielen Fenstern und überhaupt zu viel Glas. Das Haus ist ein moderner Königspalast, und man kann drinnen vor der Fensterfront stehen und auf alles hinabschauen.

Der Speer, sagt Noah, als wir halten, der muss heute noch weg. Ja, sage ich, klar, und bin plötzlich wieder ganz müde. Wir sehen uns später, wenn ich geschlafen habe, sagt Noah, und ich sage wieder ja, und die Tür schlägt zu. Dann stehe ich allein vor der Häuserreihe, es ist sechs Uhr morgens ungefähr, und ich habe nichts dabei. Ich stehe da im T-Shirt und mit hängenden Armen, in der rechten Hand eine Brötchentüte und sonst nichts. Das ist alles sehr fremd. Wenn ich sonst herkomme, dann habe ich einen Rucksack dabei oder sogar einen Koffer, und meine Eltern holen mich mit dem Auto vom Bahnhof ab und haben gekocht für mich, und es fühlt sich ganz, ganz anders an als jetzt. Die Vorhänge im Schlafzimmer sind noch zu, natürlich, heute ist Samstag. Es gibt keine Geräusche, nur die Vögel in den Thujahecken. Die Klingel schellt viel lauter als sonst. Der Ton bleibt in der Luft hängen, nichts passiert. Ich klingle noch mal, nichts passiert. Ich gehe ein paar Schritte zurück und rufe, Mama, aber nicht so laut, wie ich eigentlich könnte, denn es ist früh, und ich will keine Unruhe machen. Dann klingle ich noch mal, noch ein letztes Mal, und dann guckt der Kopf meiner Mutter oben aus dem Fenster, zerdrückt und klein. Sie schaut herum mit Maulwurfsaugen und sieht mich, wie ich unten stehe, und sie wird ganz aufgeregt und ruft, Martin, was ist passiert?, und dreht sich um und ruft ins Zimmer, es ist Martin, Martin ist da, steh auf, und dann verschwindet ihr Kopf und lugt gleich darauf unten aus der Tür. Ich sehe ihre Blinzelaugen und die plattgedrückten Wirbel am Hinterkopf, der Schlaf macht sie noch ganz neblig von innen. Von Freitag auf Samstag schläft sie immer, als wäre sie tot oder zumindest, als würde sie nie wieder aufwachen. Sie fragt: Was ist passiert? Sie fragt nicht, wie ich hergekommen bin und warum ich nur eine Brötchentüte bei mir trage, warum ich nicht vorher angerufen habe, sie fragt nur wieder: Was ist passiert? Es ist alles gut, sage ich, lass uns reingehen, Mama. Darauf bewegt sie ihren dünnen Körper aus der Tür, emsig fast, und macht mir Platz.

Drinnen ist alles wie immer, ja wirklich, alles sieht ganz genauso aus wie im Winter, als ich das letzte Mal hier war, die Fotos, der Läufer, der Bücherstapel auf der Kommode, die komischen holländischen Gouda-Schuhe an der Wand, alles sieht aus wie sonst. Ich bin ganz schwach, vielleicht der Schlafmangel, vielleicht immer noch der Kater von gestern, jedenfalls fühle ich mich auf einmal so völlig angekommen hier, und darum bleibe ich stehen in der offenen Tür und drücke meine Mutter fest an mich, ganz fest, und atme ihren Schlafgeruch wie früher, als ich klein war. Sie steht da, auf Zehenspitzen in ihrem zweiteiligen Pyjama, legt ihre Arme um mich, klopft mir auf den Rücken, lacht erst und sagt dann: Was ist denn mit dir? Und als ich nicht antworte, sagt sie bloß, es wird alles gut, Martin, alles. Ich frage mich, wann es das letzte Mal gut war bei mir, und denke, dass das sehr lange her ist. Ich muss mich hinlegen, sage ich. Sie nickt und löst sich von mir, sie geht mir gerade bis zur Schulter, wenn wir so voreinander stehen.

Dann nimmt sie mir die Brötchen ab, schaut in die Tüte und sagt, mein Junge, du bist eine einzige Überraschung.

Auf dem Weg nach oben treffe ich meinen Vater, er trägt einen Frotteebademantel und setzt im Gang seine Brille auf. Hallo Martin, sagt er. Hallo Papa, sage ich. Wir umarmen uns stumm auf der Treppe wie zwei müde, lange Riesen, wir sind beide zu groß für diesen Flur und für dieses Haus überhaupt. Ich geh jetzt schlafen, sage ich, und mein Vater nickt und drückt mir bloß zwei Finger in den Nacken, wie damals, zur Aufmunterung.

Mein Zimmer ist klein und dunkel, die Rollläden sind unten wegen der Hitze. Wenn es sehr heiß ist, dann bunkern sich meine Eltern ein und sitzen den ganzen Tag still und glücklich in ihrer kühlen Höhle. Ab und zu geht einer raus, um sich in Erinnerung zu rufen, wie warm es draußen ist, und wenn das länger als eine Handvoll Sekunden dauert, ruft der andere panisch, Tür!

Der Raum hier oben ist mein Zimmer, aber irgendwie auch nicht mehr. Alles, was hier noch steht, ist von mir, aber nutzlos, ich habe es zurückgelassen vor zwei Jahren. Ich bin froh, dass es dunkel ist, dass ich das alles nicht sehen muss: die Pokale, die alten CDs, die Poster an den Wänden. Es ist noch zu früh für Nostalgie, ich kann hier nichts anschauen, ohne mich zu schämen, und darum lasse ich das Licht aus, besser. Mein Bett riecht nach mir selbst im Winter, nach meinem Winter-Ich, sozusagen, aber vielleicht bilde ich mir das bloß ein, weil so richtig weiß man ja nie, wie man riecht. Mugo hat immer gesagt, dass ich ganz süß rieche, wie eine Blume, ganz aus mir selbst heraus. Das hat nie wieder wer zu mir gesagt, aber es ist auch nie wieder wer gewesen wie Mugo. Ich denke oft an sie, immer noch, es ist auch schwer in diesem Bett, zurück in diesem Ort, es ist alles wieder so nah. Ich merke, dass ich jetzt schlafen muss, weil alles weich ist hier und kühl und dunkel, und ich denke, dass ich jetzt eigentlich bald aufgestanden wäre, sechshundert Kilometer von hier, ich denke an den Transporter, an den Speer, an Noahs Angst, die Blinzelaugen meiner Mutter, die Überraschung und an Mugo, immer wieder an Mugo. Dann bin ich weg.

Als ich wieder aufwache, klappern meine Eltern unten mit Besteck. Ich gehe runter, und da ist Frühstück auf der Terrasse, obwohl, eigentlich ist es eher ein Mittagessen, es ist schon so spät. Meine Mutter fasst mir an den Arm; manchmal denke ich, das ist die freundlichste Geste der Welt. Man kann niemandem böse sein, der einem freundlich an den Arm fasst. Ich habe schon eingekauft, sagt sie, das Gesicht voller Erwartung. Meine Mutter mag Besorgungen; oft sitzt sie in der Küche und schreibt die Einkaufsliste mit einer Freude, als wären es Wunschzettel. Sie mag Dinge erledigen und dann abhaken oder durchstreichen. Sie mag außerdem: Gartenarbeit und neue Desserts ausprobieren, wenn ihre Schwester zu Besuch kommt. Es gibt Erdbeeren mit Milch, sagt sie, weil das etwas ist, das so alt ist wie ich oder eigentlich noch viel älter und das wir immer gegessen haben im Sommer unter der Markise, wenn es heiß war. Es gab mal ein Erdbeerfeld, gleich hinter den Häusern, das wurde verkauft an einen Investor, der dort jetzt Wohnanlagen gebaut hat, aber vorher gab es noch einen Sommer voller Erdbeeren, die niemandem mehr gehörten, die waren klein und verwachsen, und wochenlang sind wir jeden Tag in die Felder gegangen, haben uns in die alten Strohrillen gelegt und die Früchte gegessen. Wir haben sie im Liegen gepflückt, das war das Leichteste auf der Welt. Ich war da ungefähr zehn Jahre alt und seitdem fast nie wieder so glücklich.

Mein Vater sitzt draußen auf einem Gartenstuhl mit zurückgeklappter Lehne, im Schoß ein Buch, und schaut auf den Rasen. Der Rasen ist kurz und gesund und furchtbar grün, wie ein sehr großer Teppich. Als ich neben ihn trete, schreckt er hoch, zuckt richtig zusammen, das kommt, weil er immer so viel nachdenkt. Dann legt er das Buch weg und ist ganz freundlich, das ist er meistens. Er stützt seine haarigen Arme auf den Tisch, beide Hände um eine Kaffeetasse, und sagt, dass das ein guter Samstag ist, so mit mir im Garten, ganz unverhofft, und ich sage, ja, das finde ich auch. Mehr sagt er nicht, er schaut mir nur zu, wie ich ein Brötchen aufschneide. Dann kommt meine Mutter und ist aufgeregt, immer noch, und wuselt umher und verrückt mit ihren schmalen Fingern die Gläser auf dem Tisch und zwickt und krabbelt mich und sagt ohne Pause, wie sie sich freut, aber dass sie sich auch Sorgen macht, weil das würde ich ja sonst nicht tun, einfach so vorbeikommen und sie dann morgens früh aus dem Schlaf klingeln, oder? Ich sage, ja, das stimmt, und da setzt sie sich erwartungsvoll in einen Korbstuhl und macht große, wirklich riesige Augen, und ich esse Erdbeeren und Fleischsalat und Rosinenbrötchen und erzähle alles. Also nicht, was wirklich passiert ist, jedenfalls nicht die Details, sondern nur das, was sie nicht beunruhigt und nicht strafbar ist oder irgendwie abgehoben, auch, wenn dann gar nicht so viel übrigbleibt. Ich erzähle nicht vom Speer und von der Nacht auf dem Königsplatz und Noahs Angst. Ich erzähle nicht von der letzten Party und denen davor und Noahs Umherstrudeln ohne Halt, nicht von meiner Einsamkeit, wenn ich allein vor der Küchenzeile stehe und auf das Arbeitsplattenmuster starre, nicht von dem Gefühl gestern Nacht auf der Autobahn. Ich erzähle von Stress in der Uni und der schlechten Luft in der Großstadt und der Hitze in meinem kleinen Zimmer und dass Noah mal eine Auszeit gebraucht hat von allem. Das ist nicht gelogen, das ist nur interpretiert und darum in Ordnung. Meine Mutter fragt, warum wir extra hierher gefahren sind für die Auszeit, und sieht kurz aus, als würde sie mir nicht glauben, aber dann kommt ein Strahlen über ihr Gesicht wie ein Sonnenaufgang, und sie sagt, zu Hause ist es immer noch am schönsten, nicht?, und ich sage, ja, und bin sehr erleichtert. Ich könnte ihr nicht sagen, warum wir hier sind, ich weiß es ja selbst nicht und versuche Noah zu verstehen, so wie ich das gestern schon versucht habe, aber das alles war bis jetzt, wenn ich ernstlich darüber nachdenke, ein großer Irrsinn.

Sie fragt, ob wir über Limburg gefahren sind, wegen der Baustellen. Ich schaue kurz in die Luft neben ihr, das mache ich immer bei solchen Fragen, damit es aussieht, als würde ich mir eine Deutschlandkarte vorstellen. In Wirklichkeit denke ich an nichts, denn ich kenne mich nicht aus in Deutschland, und Limburg ist nur ein Name für mich, und ich könnte das nie, niemals einzeichnen, obwohl ich doch Geographie studiere, zumindest halb. Das darf darum niemand wissen, das ist geheim, und ich sage einfach ja.

Ich male mir aus, wie Noah zweihundert Meter weiter auch auf einer Terrasse sitzt, aber auf teurem Teakholz, und seine Eltern tragen weiße, grobfaserige Leinenhemden und seine Mutter dazu handgefertigten Goldschmuck, und alle essen von dünnem blassen Porzellan. Ich stelle mir vor, wie Noah alles seinen Eltern erklärt, auch ohne den Speer zu erwähnen, natürlich, und wie die sich dann besorgt über die angebräunte Haut streichen und an seinen Film denken, und dabei sehen sie alle aus wie in einem Katalog. Die Rolle kam durch seinen Vater, weil der wen kannte, und deshalb durfte Noah zum Casting, und darum mag der Vater jetzt nicht hören, dass es schlecht läuft. Es darf überhaupt nichts schlecht laufen, es muss immer alles ein Glanz sein, und bei Noahs vielen Schwestern hat das auch gut geklappt. Bis jetzt ist Noah immer der Prinz gewesen, wenn er zurückkam, er wurde empfangen und hat Grillpartys unterhalten mit seinen Geschichten, und seine Eltern haben immer am lautesten gelacht und alles sehr erfreulich gefunden. Jetzt so zurückzukommen, ohne selbst zu wissen, warum, und ohne Pläne für die Zukunft, das muss sehr schlimm sein für ihn.

Meine Mutter sagt, ich brauch nichts abräumen, lass das bloß stehen, sagt sie, als ich die Teller übereinanderstaple, wir machen das, wenn du schon einmal hier bist, der Papa macht das. Ich lege mich in den Liegestuhl, der kippt nach hinten, wenn man sich zurücklehnt, das ist wie bei diesem Vertrauensspiel, wo man sich rückwärts fallen lässt in fremde Arme, so fühlt sich das an. Es gibt verschiedene Geräusche hier, Vögel, ab und zu das Knautschen der Gartentore, das Kullern von Kettcars auf Gehwegplatten weiter hinten, irgendwann ein Rasenmäher, dann Ruhe. Früher war hier alles voller Kinder, die klingelten, weil sie ihre Bälle über fremde Hecken geschossen hatten, früher war ich selbst noch ein Kind und habe die ganzen Sommerferien auf den Bordsteinkanten gesessen, draußen vor der Tür. Da war hier Lärm samstags, die Geräusche Dutzender Sandalen auf den Spielstraßen wie von einer Herde merkwürdiger kleiner Tiere. Da waren die Mütter noch jung und trugen bunte Tücher im Haar in den warmen Monaten, und Familien gingen zusammen an die Kiesgrube, um sich abzukühlen. Jetzt werden die Frisuren immer kürzer, und die Mütter werden müde. Ich habe so Angst vor dem Tag, an dem sich meine Mutter die Haare abschneidet, denn das ist das Zeichen, dass sie alt wird und bald stirbt, das ist der Ablauf, so ist es einfach.

Ich versuche, an nichts zu denken, aber es klappt nicht. Es ist diese Ruhe, wegen der ich hier weg bin, ich kann diese Ruhe nicht ertragen, denn das heißt, dass nichts passiert um mich herum. Wenn es zu leise ist irgendwo, dann denke ich an *Jenny from the Block* und bewege im Takt meinen Kiefer, sodass meine Zahnreihen gegeneinanderreiben und es klingt wie eine riesige Stepptanzgruppe, die den Rhythmus steppt. Das macht sehr viel Spaß, denn es klingt nicht ungefähr wie eine Tanzgruppe, sondern ganz genau so. Früher konnte ich das gut, irgendwo herumliegen, und alles ist ruhig, aber das geht nicht mehr.

Hinten im Garten hatte ich Kaninchen in einem kleinen Gehege. Das ist längst verschwunden, aber das ist okay, denn die Kaninchen gibt es auch nicht mehr. Die Kaninchen waren braun gefleckt und hießen Marvin und Lennard. Ich weiß noch, dass es Streit gab damals, weil Noah gesagt hat, dass das Menschennamen sind, und Marvin, so heiße einer aus seinem Schwimmclub und nicht ein Hase, aber da war es zu spät, und sie hießen schon so.

Ich muss duschen, es ist noch Stadtgeruch an mir. Ich habe nichts dabei, bloß das, was ich getragen habe, aber ich möchte jetzt frisch sein wie alle hier. Ich suche in meinem alten Zimmer nach Kleidung, da sind Pullover im Schrank und bedruckte T-Shirts, alles ist ganz schrecklich, wirklich, eigentlich nicht tragbar, aber ich habe keine Wahl, es ist ja sonst nichts da. Ich muss zu Noah gehen später, der hatte früher auch schon gute Klamotten, ein bisschen schick zwar, aber immer noch besser als meine.

Im Bad riecht es ganz sauber. Alles ist glatt und aufgeräumt, und die Flaschen stehen in einer Reihe auf dem Sims wie kleine Soldaten. In der Dusche ist ein Abzieher, damit muss man nach dem Duschen nackt und nass die Scheiben trocknen, damit der Kalk keine Flecken macht. Der Kalk ist der größte Feind meiner Mutter. Ich weiß noch genau, wie ich am Wochenende dort stand in der Dusche, morgens und voller Kater, und wie mir der Kopf geplatzt ist beim Hinknien. Das hat mich alles so wild gemacht, dass die Wut aus mir herausgequollen ist überall und dass ich dachte, wenn hier irgendwo noch ein Carport gebaut wird, dann muss ich alles klein schlagen, bis nur noch Krümel übrig sind. Ich erinnere mich an diese Ordnung und meine Abneigung dagegen, gegen die Reinlichkeit, die Stille und dieses ganze Haus, aber jetzt stehe ich unter der Dusche, und das kommt mir sehr weit weg vor. Ich stehe tropfend da, ich ziehe die Schlieren vom Glas, und es ist mir egal. Ich trockne mich ab mit einem weichgespülten Handtuch und spüre nichts dabei; das ist neu für mich. Früher war da immer dieser Ekel und Mugos Worte im Ohr, jetzt ist da nur noch die Erinnerung daran. Ich höre das Rascheln meiner Achselhaare an der Deorollerkugel, ich ziehe die alte Kleidung an. Damit sehe ich aus wie vor zwei Jahren, aber ich bin anders, mit weniger Wut und mehr Abstand stattdessen. Wenn Mugo das wüsste, sie würde mir die flache Hand ins Gesicht drücken.

Es klopft an die Badezimmertür, und da steht meine Mutter und sagt, Noah hat angerufen. Ich soll vorbeikommen, später, aber eigentlich so schnell es geht, und ich sage, ja, ich geh gleich, und denke, es kommt ja wohl nicht auf ein paar Minuten an. Aber ich habe auch gedacht, es kommt nicht auf ein paar Kilometer an, und hier sind wir jetzt, sechshundert Kilometer weit weg.

3

Es ist anstrengend, zu Noah hoch zu gehen, wenn es warm ist, denn der Hang ist steil, da ist eine Treppe, und ringsherum sind gepflegte Beete mit viel drin. Das Haus ist aus Beton und großen Flächen. Noah macht die Tür auf und trägt ein altes Hemd, das über der Brust spannt, weil er jetzt in das Fitnessstudio am Isartor geht und Dinge anhebt und dabei auf die Stadt schaut. Ich mache das nicht, und darum passen mir auch meine Sachen noch, aber ich bin eben nicht voller Muskeln wie er. Manchmal bin ich neidisch, aber meistens geht es, denn ich bin groß und werde schnell braun, immerhin.

Noah nimmt noch ein Stück Flammkuchen vom Küchentisch und will schon raus, da kommt seine Mutter, barfüßig und duftend in einer Bluse, die Haare hochgesteckt, als hätte sie gerade ohne Haare geduscht. Das habe ich nie verstanden, dieses Duschen ohne Haare, und ich glaube, das macht Frauen für mich noch viel wunderlicher, aber es sieht sehr schön aus, wenn die Tropfen wie kleine Perlen im Nacken verteilt sind. Der Nacken ist eins meiner liebsten Körperteile, sogar noch vor den Händen, wenn ich mich entscheiden müsste. Noahs Mutter ist eine sehr schöne Frau mit einem sehr schönen Nacken. Sie kommt zur

Tür und sagt, hallo, Martin, und lächelt und drückt meine Schulter, und es wird eine halbe Umarmung; nur ich bin schuld, dass es keine ganze wird, weil ich viel zu verlegen bin für sowas.

Wo gehts denn hin?, fragt sie, und Noah und ich zucken mit den Achseln, Noah kaut dabei. Kann später werden, sagt er bloß, drückt ihr einen Kuss neben das Ohr und zieht die Tür zu. Wiedersehen, sage ich noch, denn wenn ich schon sonst nichts sagen kann, dann will ich wenigstens höflich sein. Wir laufen die Straße runter und dann rechts in die Kurve. Hier hat Noah immer herumgestanden, früher, nach der Schule, und mit Annika gefummelt, genau hier, wo die Hecken so hoch sind. Jetzt steht dort der Transporter, und im Laderaum des Transporters ist noch immer der Bronzespeer. Noah hat hier geparkt, damit niemand fragt, warum wir nicht mit seinem Opel Adam oder mit dem Zug gekommen sind, das würde ja niemand verstehen. Wir werfen den in die Kiesgrube, sagt Noah, und zwar so bestimmt, dass es klingt, als wäre das schon ein richtiger Plan. Ich weiß aber, dass Noah nicht richtig plant, nie, dass er einfach kurz denkt und dann entscheidet.

Im Auto ist es heiß, so stelle ich mir die Tropen vor, nur mit mehr Pflanzen. Noah knöpft sein Hemd auf. Ich trage ein T-Shirt mit der Freiheitsstatue drauf und fühle mich lächerlich. Wir fahren los, zur Kiesgrube sind es sechs Minuten mit dem Auto. Wofür brauchst du mich denn jetzt?, frage ich ihn, und ich finde, das ist eine berechtigte Frage, aber da langt Noah mit der Hand rüber, direkt nach dem Schalten, und sagt, ey du Wichser, du bist ein verdammter

Teil dieser Geschichte, wir entsorgen den jetzt zusammen, wieso fragst du überhaupt? Ich sage, ja, ist ja gut, weil ich merke, wie ihn das verrückt macht mit dem Speer, letzte Nacht schon vor meiner Tür, und ich will, dass er runterkommt. Ich denke, er hat sich da reingesteigert, ich meine, das ist doch ein Wahnsinn, in München eine Stange klauen und die dann ausgerechnet hier in eine Kiesgrube ... aber Noah ist stur bei sowas und bei allem.

In der Kiesgrube kann man baden, aber die Kiesgrube ist kein normaler See. Da wird Sand abgebaut und eben dieser Splitt und dann irgendwohin verkauft, wo man ihn braucht, für Beachvolleyballfelder zum Beispiel oder Aquarien. Jedenfalls sieht der See darum sehr komisch aus, denn auf der einen Seite ist ganz viel Natur an den Rändern, mit Bäumen und Gras und ein bisschen Strand, und auf der anderen Seite ist alles brach, wie auf einer Baustelle. Wenn man auf der Naturseite am Wasser liegt, dann schaut man auf riesige gelbe Kräne und auf Bagger, die Steinberge hin und her schütten. Das Wasser ist ganz blau, so blau, Mugo hat immer gesagt, da ist irgendwie Chemie drin. Eigentlich ist baden hier verboten, und die meisten kommen unter der Woche nicht her wegen der Wasserpumpe, die läuft an Werktagen von acht bis siebzehn Uhr und brummt wie eine Waschmaschine, und das können viele nicht hören, aber uns ist das immer egal gewesen, und ich mag Geräusche sowieso.

Jetzt ist die Straße zum Ufer voller parkender Autos, denn es ist Wochenende und Sommer, und das hier ist der einzige See in der Nähe. Wir fahren mit dem Transporter so nah ans Wasser wie möglich, aber das ist immer noch nicht nah genug, denn es darf niemand sehen, wie wir diese Stange herumtragen wie zwei absolut Irre. Es gibt große Buchten, da sitzen Menschen auf Klappstühlen und bräunen ihre Sonntagsbäuche, da können wir nicht hin. Wir tragen den Speer tief am Boden ins Dickicht, einen kleinen Kurvenpfad entlang, dort, wo niemand hinschaut hoffentlich. Der Speer gleitet ins Wasser ohne ein einziges Geräusch. Wir waten mit nackten Füßen noch ein Stück weit raus und geben ihm den letzten Schwung, denn es gibt diese Kante, drei Meter hinter dem Ufer, da geht es ganz plötzlich steil runter, und es wird sehr tief, und dort soll er rein, da soll er für immer verschwinden. Wir stoßen ihn ab, dann ist er weg. Wir können ihn nicht mehr erkennen im Dunkel vor uns, aber das ist gut. Niemand soll ihn sehen, nicht wir, nicht jemand anders.

Ich schaue Noah an aus den Augenwinkeln, ich sehe, wie er nickt, wie er die Hände an seiner Shorts trocknet, wie er auf die Kräne und die Laster schaut auf der anderen Seite. Wir sind weit gefahren für diesen Moment, und jetzt ging alles sehr schnell. Ich habe mir das feierlicher vorgestellt.

Noah sagt, es kommen noch ein paar Leute gleich, Acki bringt Bier mit. Cool, sage ich und denke an Acki und Kitkat und Renata und die anderen, wie lange das her ist und wie gleich geblieben. Wenn Noah anruft, dann kommen sie an die Grube, das war in der Zehnten schon so, das wird immer so bleiben, egal, wie viele Jahre vergehen. Ich frage mich manchmal, wie es dazu gekommen ist, zu Noah und mir, warum er so viele Leute kennt, und trotzdem waren da von Anfang an immer nur wir beide, wenn es ernst wurde, der Rest war Drumherum.

Wir gehen wieder an den Rand zurück, nur unsere Zehen stochern noch im Wasser. Ich lege Noah eine Hand auf den Rücken, er ist fest und warm, wie man sich das vorstellt. Noah schubst mich an, und wir straucheln und schlenkern mit den Armen, unsere Füße wühlen den Sand auf. Ich muss auch an Mugo denken, dass sie nicht kommen wird heute Abend und dass es schon zwei Jahre sind mittlerweile, und trotzdem reichen ein bisschen Sand um die Füße und der Blick auf die Schuttberge gegenüber, und alles ist wieder im Kopf und im Bauch. Ich muss an ihre weichen Kniekehlen denken und wie sie hier im Wasser stand, bloß ein paar Meter weiter, und da kommt eine Traurigkeit hervor, wie ich sie sonst nur nachts habe, in den schlimmen Nächten. Ich muss mich schütteln, damit es nicht wehtut, ich belaste meine Fußballen und dann wieder nicht, aber die Gedanken bleiben.

Im Körper ist es genauso warm wie draußen, es ist, als wüsste man nicht, wo die eigene Haut aufhört. Wir sitzen am Ufer und ziehen unsere Oberteile aus. Ich denke manchmal, dass man das am besten ganz oft macht, wenn man noch jung ist, dann kann man später einen dicken Bauch bekommen ohne das Gefühl, etwas verpasst zu haben. Ich denke auch oft daran, wie kurz wir erst leben, Noah und ich und auch Mugo, und ob ich mir das alles vielleicht nur eingebildet habe, ob später noch etwas kommt, was sich nach mehr anfühlt und viel echter, womöglich, und dass ich dann auf die letzten Jahre zurückblicke und denke, so ist das eben in der Jugend. Bisher ist das nicht passiert. Zwei Jahre in der großen Stadt, und nie war da so ein Gefühl wie hier, wie damals; nie wieder so eine Erwartung. Manchmal sitze ich in meinem Zimmer, nachdem etwas Großes passiert ist, und warte auf dieses Flattern in mir, aber da ist nichts.

Oft liege ich wach, allein, und wundere mich, wie scharf und gestochen ich das alles noch vor mir sehe. Ich weiß, dass das bei anderen alles längst zu Schemen geworden ist, die vorbeiziehen wie Nebel, wenn man lange Zug fährt zum Beispiel und auf Landschaften starrt. Sie erinnern sich an diese merkwürdigen Jahre, und viele sind sicher froh, dass all das vorbei ist, und das bin ich ja auch, irgendwie. Aber trotzdem denke ich oft an die Abende an der Kiesgrube oder auf der roten Brücke mit Mugo im Sommer, und wenn es ganz schlimm ist, dann denke ich, dass ich mich nie weniger einsam gefühlt habe als hier. Als wir noch alle zusammen waren und dachten, es kommt noch viel mehr.

Ich frage mich, was die anderen so erlebt haben in der Zwischenzeit und ob es ihnen genauso geht wie mir, ich meine, Noah sicher nicht, wenn man sich mal überlegt ... aber Acki und Kalle und Josef und Mugo, vor allen anderen Mugo. Ich denke an all meine Anrufe, an ihre Stimme vor dem Ton ihrer Mailbox, nie eine Antwort. Ich frage mich, was sie tut – genau jetzt, in diesem langen, heißen Augenblick –, wo sie jetzt wohnt, was aus ihrer Wut geworden ist und ob ich sie immer noch so schön fände, aber das ist eine blöde Frage, denn ich kenne die Antwort. Sie springt mir jedes Mal ins Gesicht, wenn ich die alten Fotos ansehe.

Wir schauen zusammen über die Grube, und ich glaube, Noah denkt weniger als ich. Noah hat so ein Talent, er kann sich einfach hinsetzen und fünf Minuten über eine Grube schauen und an nichts sonst denken. Bei mir ist das anders, ich kann nicht stillhalten im Kopf. Mugo hat immer gesagt, dass mir komische Dinge einfallen und dass ich eigentlich ein Schriftsteller bin; das hat sie so oft gesagt, dass es eine Zeit gab, in der ich das tatsächlich selbst geglaubt habe. Dass ich einfach einen Stift nehmen könnte und ein ganzes Buch am Stück schreiben und dass es Leute gäbe, die das würden lesen wollen, aber das lag alles nur an Mugo und ihrem Gerede und wie sie dabei mein Ohr mit den Fingern gezwirbelt hat. Im Nachhinein ist das Blödsinn, natürlich, und wenn ich ehrlich bin, dann habe ich selbst nur eine Handvoll Bücher gelesen in meinem Leben, oder eher einen Stapel, einen kleinen, niedrigen Stapel, und die Hälfte davon für die Schule. Mein Vater hat mir früher oft welche hingelegt, denn er wollte, dass ich mag, was er mag, aber es hat nichts geholfen. Mugo hat immer gesagt, darum geht es nicht, sondern was du denkst, aber Mugo ist nicht mehr da, und deshalb ist der Gedanke einfach irgendwann verschwunden.

Es wird leerer in den anderen Buchten, weil alle nach Hause fahren und grillen auf ihren Rasenflächen. Ich will auch grillen, das machen wir viel zu selten in der Stadt, und wenn, dann nur bei irgendwelchen Einladungen von Noah, aber das heißt dann Barbecue, und es gibt bloß Ziegenkäse in kleinen Alupäckchen und solche Dinge. Dabei hätte ich einfach Lust auf eine Packung Bratwürste und Gewürzketchup und dazu weißes Brot mit rohem Kern. Ich würde gerne mal in den Park gehen, in den Englischen Garten ans Wasser, und da mit ein paar Leuten sitzen, aber dafür habe ich nicht genug Freunde. Das ist schon okay, ich bin ja selbst schuld, und es ist trotzdem viel los immer.

Wir haben noch Zeit, bis die anderen kommen, also gehen wir kurz in die Grube. Noahs Körper sieht aus, wie ein Körper aussehen soll, mit den Einkerbungen an den richtigen Stellen, und die Haut ist überall ganz straff. Nicht, dass sie bei mir nicht auch straff wäre, ich meine, ich bin einundzwanzig, da kann man machen, was man will, und sieht immer mindestens okay aus.

Noah hat kein einziges Haar auf der Brust, obwohl, eigentlich hat er schon welche, aber die macht er sich weg seit ein paar Jahren. Am Anfang, da musste ich sie ihm noch ausreißen, mit Wachsstreifen aus der Drogerie, aber dann wurde er reich und brauchte mich nicht mehr dafür. Wir haben nie darüber gesprochen, aber ich glaube, er geht in so ein Studio in der Maxvorstadt, wo alles sehr diskret ist, denn das ist nichts, wobei man gesehen werden möchte, nehme ich an. Mein Körper ist anders, weicher und länger alles, und ich habe superviele Sehnen überall, das kommt vom Joggen früher. Ich hatte mal eine Phase, da mochte ich meinen Körper nicht sehr, nicht dramatisch, aber auch nicht schön mit sechzehn, und da war ich dann jeden Tag laufen, aber davon bin ich bloß noch viel länger geworden.

Doch dann war Mugo da, und mein Körper war plötzlich egal, oder besser: auf eine andere Art wichtig.

Früher wollte ich immer heimlich Brusthaare haben wie Noah oder wie mein Vater. Ich mochte das, wenn etwas aus dem Hemd herauslugt wie die Spitze des Eisbergs, weil man ja nicht weiß, was da noch alles drunter ist, und das macht es so geheimnisvoll. Ich habe keine Haare, also kaum, außer an den Beinen, da ist alles voll heller Kräusel. Meine Beine sind viel älter als ich, ich könnte unten schon dreißig sein und oben halb so alt. Manchmal fühle ich mich deswegen wie ein Zentaur.

Ich denke oft darüber nach, was wäre, wenn man zweigeteilt wäre, und als wir so durchs Wasser pflügen, frage ich Noah: Wenn du eine Meerjungfrau sein müsstest, wärst du dann lieber oben oder unten ein Fisch? Hm, sagt Noah, und das ist so ein Moment, da weiß ich wieder ganz genau, warum das mit uns so ist, wie es ist. Noah schwimmt und denkt und tut dabei, als wäre das eine ganz normale Frage, und das ist sie für uns auch. Wenn ich mit jemandem solche Dinge besprechen kann, dann ist es etwas wirklich Gutes – so ist es mit Noah, so war es mit Mugo, und seitdem ist es eigentlich mit niemandem mehr so gewesen.

Also, sagt Noah, könnte ich nicht reden, wenn ich oben ein Fisch wäre? Nein, sage ich, du bist ja ein Fisch. Habe ich mein eigenes Gehirn oder das Fischgehirn? Na ja, schon dein eigenes, sonst wäre es ja ein Fisch, der zur Hälfte Mensch ist, und nicht du, der zur Hälfte ein Fisch ist. Ah, sagt Noah und macht eine Pause. Dann ist es ja eigentlich reden gegen laufen. Gegen laufen und Sex, das ist schwer, sagt Noah. Ich weiß, dass das schwer ist für ihn, denn Noah liebt Sex, aber er redet auch so gern, und er hört sich so gern dabei zu. Obwohl, fügt er hinzu, ich würde ja eh niemanden finden, der mit mir schläft, wenn ich einen Fischkopf hätte. Schlau, sage ich, und das meine ich so. Das macht Spaß mit Noah, weil vieles auf einmal so simpel ist, wenn er darüber nachdenkt. Er dreht sich auf den Rücken und planscht mit den Armen und taucht unter und sagt danach, dann musst du mich an Land immer in einer Schubkarre herumfahren, ja? Klar, sage ich, denkst du, ich will dann alleine rumlaufen? Cool, sagt er, du könntest auch reich mit mir werden, ich wäre eine Attraktion.

Wir schwimmen noch einen Halbkreis, und dann kann ich irgendwann nicht mehr und sage, lass zurück, wird langweilig, und wir lassen uns am Ufer mit den nassen Bäuchen in den Dreck fallen. Mein Herz schlägt hart gegen den Boden, und ich stelle mir vor, wie daraus ein Erdbeben wird auf der anderen Seite der Welt, und darum drehe ich mich schnell auf den Rücken. So liegen wir da nebeneinander, liegen zusammen in der Hitze, wie wir das jeden Sommer getan haben, und ich sehe uns von oben in diesem Moment und denke, dass das gestern Nacht schon eine dumme Idee war, aber irgendwie auch das genaue Gegenteil davon, weil wir hier einfach wieder wie früher sind. Es ist so ruhig außerdem, weil die Wasserpumpe nicht läuft, aber zusammen mit Noah ist das gar nicht schlimm. In München wohne ich über einem Billardsalon, und wenn das Fenster zum Innenhof offen steht, klingt es nachts, als würde jemand ständig mit den Knöcheln knacken.

Ich freu mich irgendwie auf die andern, sagt Noah, auch wenn ich nie an sie denk in München. Und du? Ich habe niemanden hier vermisst, sage ich und öffne das linke Auge in seine Richtung. Ich schaue zu ihm rüber, und auch er drückt ein Auge zu, weil es so hell ist. So starren wir uns einäugig in die Gesichter. Ich sage noch mal, nein, nicht wirklich, und wir sagen nichts, aber wir wissen beide, in diesen letzten beiden Worten steckt Mugo drin. Noah weiß das, er weiß alles im Großen und Ganzen, und deswegen hat er das auch nicht gemeint mit der Frage, er hat die anderen gemeint, die später alle kommen, Kitkat und Acki und Josef und Kalle und den Sandmann und Renata und ihre Freundinnen wahrscheinlich auch. Das sind alles gute Leute, aber ich hätte niemanden wiedersehen müssen, unbedingt. Es hat uns auch nie jemand besucht, weil sechs Stunden Zugfahrt, dafür hat die Freundschaft einfach nicht ausgereicht.

Das ist komisch, wir kennen uns alle schon so lange, weil wir zusammen in die Schule gekommen sind, und ein paar Jahre später sind wir zusammen wieder rausgegangen, und in der Zwischenzeit ist einiges passiert, und trotzdem war es nicht das Gleiche. Ich habe sie alle gemocht, und ich war nie einsam, als ich noch hier war, das war ich erst in München, viel später, aber dann sind wir weggezogen, und es hat nicht wehgetan, nicht mal ein bisschen. Natürlich war es schlimm, das Weggehen, richtig schlimm sogar, und es gab Tage, da hat es sich angefühlt wie eine Naturkatastrophe, aber das lag an anderen Dingen.

Das war eine merkwürdige Zeit damals, als Mugo gesagt hat, dass sie wegwill, für immer, und das so bald wie möglich. Ich wollte dann nämlich auch fort, plötzlich, weil ich nicht übrigbleiben wollte an diesem Ort, und als das mit Noah gerade anfing und er nach München ging, da habe ich gedacht, München ist mindestens so gut wie jede andere Stadt, und dass ich mit Noah außerdem nie allein bin. Dann ging alles ganz schnell, und alle haben sich gewundert, weil ich doch sonst immer so langsam bin mit Entscheidungen, und dann war ich sogar noch schneller weg als Mugo, und das hat sich ziemlich gut angefühlt.

Die anderen jedenfalls sind hiergeblieben, größtenteils, oder sind zumindest nicht so weit weg wie wir. Ich weiß von meiner Mutter, dass Acki ein Praktikum in der Sparkasse gemacht hat, in der sie arbeitet, und danach war er bei den Sanitätern für mindestens ein Jahr. Kitkat arbeitet immer noch im Autohaus seiner Eltern in der Kreisstadt, das weiß ich sicher, wir haben uns letztes Jahr im Winter gesehen. Ich weiß auch, dass Josef auf Reisen war und danach irgendwie nichts mehr so richtig gemacht hat außer ein paar Jobs und dass der Sandmann etwas studiert in der nächsten Stadt, von dem niemand sagen kann, was es ist. Bei den anderen weiß ich gar nicht, was sie jetzt machen, jedenfalls sind sie immer hier, wenn ich da bin, und das ist öfter, als ich will.

Hierbleiben, das hätte ich nicht gekonnt, nicht mit Mugos stiller Wut in meinem Kopf, die noch Monate später darin herumgeklopft hat, als wäre mein Schädel ein Steinbruch. Als ich hier weg bin, habe ich alles gehasst, es hat mich alles fast so angewidert, wie es Mugo angewidert hat.

Ich konnte nichts mehr ertragen, nicht die Doppelhaushälften, nicht die Sonnenblenden für die Autos mit den Saugnäpfen oder wenn noch jemand erklärte, er würde erst mal bei seinen Eltern wohnen bleiben, aber auf dem Dachboden, und da hätte er sein eigenes Reich und es wäre mehr wie eine WG. Ich fand das alles unerträglich, und darum habe ich nichts vermisst, außer Mugo vielleicht. Ich habe auch gedacht, dass das immer so bleiben wird, aber jetzt bin ich hier, und es ist so warm, und das Grubenwasser ist so blau, dass ich gar nicht anders kann als zuzugeben, dass ich alles sehr viel schlimmer in Erinnerung hatte. Ich bin froh, dass Mugo das nicht weiß, denn sie würde mir an den Hals fassen vor Wut mit ihren kräftigen Armen und schreien, was aus mir geworden ist, und sie hätte recht damit.

Ich könnte noch viel länger hier liegen bleiben, aber jetzt kriegt Noah einen Anruf, und er erklärt, wo wir sind, und sagt, warte, ich schicke dir den Standort, und es ist plötzlich kein Geheimnis mehr, als hätte er unser Versteck verraten. Dabei war es ja gar kein Versteck, keine Höhle, kein Schrank oder sowas, sondern einfach nur ein Uferstück an einer öffentlichen Kiesgrube, aber es fühlte sich eben so an.

Es dauert keine zehn Minuten, und dann kommt Kitkat durch das Dickicht gebrochen wie ein Wildschwein, laut und kompakt, ein Mountainbike neben sich. Er lässt das Rad in die Büsche fallen und drückt uns an seinen fleischigen Körper, bei Noah umfasst er den Kopf wie bei einem Säugling, der sein Gewicht noch nicht selbst halten kann, bei mir kriegt er bloß den Hals zu fassen, und ich spüre seine schwitzigen Finger ganz nah an meinem Gesicht; sie riechen nach dem Gummi, das die Hörnchen seines Mountainbikes ummantelt. Leute, dass ihr wieder ..., sagt er und klopft uns auf die Schulterblätter, genau hier, wisst ihr, hier waren wir so oft, früher, und dann schlägt er mit der Rückhand auf Noahs Brust: Was ist los bei dir, ich dachte, das wär Photoshop auf dem Plakat. Noah schlägt zurück, verfehlt aber Kitkat, obwohl er doch so viel Körper hat, und sagt bloß, tja, immer in shape, und er sagt das so, dass es nicht peinlich klingt, obwohl das doch fast unmöglich ist. Für die Jungs hier war das nie ein Ding, das mit Noahs Film. Das ist alles so weit weg, und wenn er mal hier ist, dann fragen sie bloß nach seinen Gagen und seinem Auto und jetzt eben nach seinen Brustmuskeln, aber er hätte genauso gut ein trainierter Manager sein können oder Juniorchef irgendwo, und es wäre das Gleiche gewesen für sie. Sie haben das nie verstanden, diesen Reiz, was es heißt, auf der Straße erkannt zu werden, und sie würden auch nicht Noahs Angst verstehen, würde er die Geschichte mit dem Speer erzählen. Sie würden dasitzen wie unsere Eltern und sich fragen, warum um alles in der Welt wir denn jetzt hier sind, und darum weiß ich, Noah wird es ihnen nicht sagen, er wird lügen wie sonst auch und wird etwas erzählen, das mit Stress und einer Auszeit zu tun hat.

Es knackst noch mal im Geäst, dann spuckt es Acki und Josef aus, die jeder einen Kasten tragen. Josefs Oberarme zittern, Ackis nicht, Josef ist sehr schnell mit dem Absetzen. Grüß Gott, sagt Acki und knallt seinen Kasten auf Josefs, dann gibt er uns die Hand, und Josef auch. Acki ist eher so der Typ fürs Handgeben, anders als Kitkat, und Josef ist gar kein Typ, Josef macht immer das, was die Person vor ihm gemacht hat, aber er macht alles mit einem so wahnsinnig warmen Gesicht, dass es sich trotzdem ganz nah anfühlt. Es ist schön, dass ihr hier seid, sagt er, und niemand sonst könnte das so sagen, es klingt, als hätte er mit seiner Hand sein ganzes, pochendes Herz in unsere gedrückt. Früher war er so klein, dass er immer alles hochkrempeln musste, die Hosen, die Ärmel. Ich glaube, ich habe mich getäuscht; wenn ich jemanden vermisst habe, ganz eventuell, dann den schmalen Josef.

Es wird dann schnell voller, nach und nach kommen sie ans Ufer und trampeln und lachen und berühren unsere Oberkörper vor lauter Wiedersehen. Dann setzen sie sich zwischen die Steine und halten ihre Füße ins Wasser, jemand hat Schnaps dabei, jemand noch ein Sixpack und eine Tüte Tortilla Chips. Kitkat bläst mit dem Mund einen Wasserball auf, aber das Ventil ist kaputt, und die Luft säuselt immer wieder heraus. Ich helfe, die Kästen ins Wasser zu tragen, und dann stehe ich da, ein halbkaltes Bier in der Hand, und schaue die anderen an. Ich kann das nicht glauben, das mit der Zeit. Dass es schon zwei Sommer sind, zwischen jetzt und früher, als wir noch jedes Wochenende hier saßen.

Noah hat seine Hand auf Renatas Schenkel abgelegt, dabei ist sie noch keine zwanzig Minuten hier, aber es ist, wie es immer ist, wenn sie sich wiedersehen, als wäre seine Hand nie woanders gewesen. Noah redet und lacht dabei, und die Mädchen lachen noch viel mehr und schlagen ihre glatten Beine übereinander, und Noah nimmt bloß seine Hand von Renatas Schenkel, wenn er sie für irgendwelche Gesten braucht; danach legt er sie wieder dorthin, mit einem ganz zärtlichen Daumen, der einmal hin und her über ihre Haut streicht. Ich kenne diese Art an ihm, es ist die gleiche wie vorgestern Abend, bevor wir alle ins Taxi gestiegen sind und dann zum Königsplatz, da ist Noah eine Show für sich. Mein Vater hat immer gesagt, dass Noah am liebsten mit sich selbst sprechen würde, der hört sich gern reden, hat er gesagt, und jetzt hat er zusätzlich eine trainierte Brust und eine Wohnung in Schwabing, und das passt alles so gut zusammen, dass ich nicht weiß, ob das ein gutes Zeichen ist oder viel eher gruslig, ein bisschen. Renata gefällt es, das sieht man an der Neigung ihres Kopfes und daran, dass sie ihren Hals so langstreckt, und ich kann da kaum hinschauen, weil es aussieht wie in einer Highschoolkomödie und ich sowas früher schon nicht verstanden habe, die Regeln, nach denen das funktioniert und überhaupt, und Mugo hat das auch immer unerträglich gefunden, also absolut unerträglich; das habe ich nicht vergessen.

Der Himmel über der Grube wird ganz blass, und ich denke, dass jetzt bald die Mücken kommen. Das ist so eine Angst von mir; die Stiche schwellen an zu riesigen Beulen, und dann sehen meine Beine aus, als hätte ich die Pest oder Skorbut oder sonst eine Seemannskrankheit. Josef hat mir früher gezeigt, dass man die Stiche mit einem Kugelschreiber umranden muss, und im Sommer waren meine Arme voller kleiner blauer Kreise. Jetzt setze ich mich neben ihn auf einen Baumstamm. Hey, sagt er und lächelt durch seine zaudeligen Locken wie der freundlichste Mensch der Welt. Wie gehts dir denn in München?, fragt er, und mir fällt auf, dass ich das wirklich selten gefragt werde hier. Dass alle immer denken, dass es mir sehr gut geht, weil Noah ja auch dort ist und bei ihm alles so super läuft, jedenfalls bis vor kurzem. Ich denke an die Nächte in meiner Wohnung, vor allem an die schwülen, einsamen, ich denke an die Prüfungen im letzten Semester und in dem davor und an die Schnapsküsse, die sich nie anfühlen wie echte. Ich denke, wenn ich das jemandem erzählen kann hier, dann dem schmalen Josef, aber das ist nicht der richtige Ort dafür, und darum sage ich: Ach, ganz in Ordnung, und damit er nicht weiter nachhakt – denn ich weiß, er würde –, frage ich nach dem Sandmann.

Der ist weggegangen, sagt Josef, letztes Jahr schon, Studium abgebrochen und weg, fast so wie ihr. Einfach so?, frage ich. Na, sagt er, sein Vater ist doch mit seinem neuen Freund in die Kreisstadt gezogen, und darüber ist seine Mutter ein bisschen wahnsinnig geworden. Oh, denke ich, der Sandmann, der hat es nie so leicht gehabt. Der Sandmann heißt auch nur Sandmann, weil wir ihn früher gezwungen haben, Sand zu essen, und in seiner Verzweiflung hat er behauptet, es würde ihm schmecken, damit es nicht so demütigend ist. Das ist lange her, und er ist auch echt in Ordnung, darum haben wir bald damit aufgehört, aber der Sandmann blieb eben immer der Sandmann, und dann kam auch noch das mit seinem Vater dazu, dass der eben seine Mutter nicht mehr mochte und eigentlich auch Frauen überhaupt, und das war ziemlich stressig für ihn, weil das lange ein Thema war hier, und da tat er mir schon leid; der Sandmann steht eigentlich nicht gern im Mittelpunkt. Mugo ist sauer geworden, als ich gesagt habe, er täte mir leid, denn ein schwuler Vater sei doch auch einfach nur ein Vater und letztlich sei es gut, dass hier mal etwas passiert, das alle ein bisschen aufrüttelt in ihrer Drecksblase, und darum brauche mir der Sandmann auch nicht leidzutun; aber ich glaube, sie hat damals gar nicht verstanden, was ich gemeint habe. Dass es anstrengend für ihn gewesen sein muss, wie alle reagiert haben, seine Mutter, die Nachbarn, die Eltern seiner Freunde, die Freunde selbst. Und anscheinend habe ich recht damit gehabt, denn nun ist er weg, und vermutlich hatte er genug von alldem. Das ist schade, weil ich den Sandmann immer mochte, aber wahrscheinlich würde ich ihn in zehn Jahren auf der Straße nicht einmal wiedererkennen.

Ich drehe mich um, Noah und Renata sind verschwunden. Ich hole mir noch ein Bier aus der Grube, hocke mich neben Acki, und als ich wieder hochschaue, sind sie schon zurück. Sie klettern aus dem Gebüsch wie zwei Einbrecher, Hand in Hand, mit entrücktem Lächeln auf den schönen Gesichtern, bemüht, keine unnötigen Geräusche zu machen. Noah kommt zu mir und lässt sich fallen, er öffnet ein Getränk und wird anders, irgendwie. Der glückliche Schleier von eben ist verschwunden, da ist ein großer Ernst in seinen Augen.

War schön?, frage ich, obwohl ich sehe, er ist schon viel weiter. Schon, sagt er und starrt aufs Wasser währenddessen, schön auf jeden Fall. Ich habe bloß gedacht, dass es keinen Unterschied macht, weißt du, also nicht für mich, dass es mir im Grunde egal ist, wer es ist, und das ist doch traurig, oder? Oh, sage ich. Ich mache manchmal lange Pausen zum Überlegen, so wie jetzt, und dabei schaut Noah mich von der Seite an und wartet, bis ich damit fertig bin. Dann sagt er: Ich habe noch nie sowas gehabt wie du mit Mugo. Ach Quatsch, sage ich, dabei ist es so: Ich weiß, dass er Recht hat. Ich sage, was ist denn mit Nina?, und er sagt, die kannte ich doch gar nicht, und als ich sie kannte, wurde sie mir langweilig. Aber du warst da schon verliebt, sage ich und denke an sein erstes Jahr in München, als alles neu war und groß und diese Frau ihn trotzdem tagelang im Bett behielt; ich habe bis heute nicht herausgefunden, wie sie das gemacht hat. Das war sehr viel auf einmal damals, aber es ging nicht sehr lang, das weiß ich noch, und Noah auch.

Das war eher die Aufregung, sagt er, die Aufregung und ihr Körper und alles zusammen, aber das war irgendwann weg. Und wenn ich mich so erinnere, dann ist sie mir einfach egal im Nachhinein und jede andere auch. Und schau, das mit Mugo ist schon zwei Jahre her mittlerweile – zwei Jahre, schießt es mir in den Kopf, verdammte zwei Jahre –, und du denkst immer noch jeden Tag an sie. Ich weiß nicht, ob das etwas Gutes ist, und finde, dass er froh sein soll, dass es ihm anders geht, eigentlich, weil ich wirklich viel traurig war deswegen. Es kommt oft dieses Gefühl und kriecht in den Hals und von da aus direkt in die Brust und geht dann nicht mehr weg, stundenlang.

Noah gräbt in den Kieseln, er reibt seine trockenen Fußsohlen aneinander, dass es klingt wie Messerwetzen. Als ich diesen Kuss spielen musste, sagt er, mit Liebe und allem, da hat es sich angefühlt, als wüsste ich gar nicht, was ich da tue, weißt du, so als müsste ich plötzlich Spanisch sprechen, aber ich habe nur die Silben auswendig gelernt für eine Szene, und jeden Moment kann auffliegen, dass ich gar kein Spanisch kann. Wir schweigen für einen Moment, das machen wir manchmal, und es fühlt sich okay an. Das kommt schon noch, sage ich und: Schau, du hast doch so viel anderes, mich und die Wohnung und den Film ... Ach, der Film, sagt Noah und wirft ein paar Steine ins Wasser. Es ist vergebens; manchmal bringt er sich in eine Stimmung, aus der ist er schwer wieder herauszuholen. Aber es reicht meistens, wenn man wartet, denn es geht vorbei, schneller als bei mir.

Weißt du was?, sagt Noah, und ich merke am Tonfall, dass jetzt etwas anderes kommt, Mugo ist wieder da. Was?, frage ich, und dabei höre ich mich selbst von außen. Ja, sagt Noah, ein halbes Jahr schon, das hättest du auch selbst rausfinden können, aber du fragst ja nie. Ich ..., sage ich und weiß nicht, wohin mit diesem Wort, ich dachte, sie wäre weggegangen. Ist sie, sagt Noah, aber jetzt ist sie eben wieder da. Und dabei hat sie immer die ganz großen Reden ... Wo ist sie jetzt?, frage ich, so hastig, dass Noah mich ganz herzlich anschaut. Na ja, Ackis Bruder sagt, sie arbeitet seit kurzem an der Tanke auf halbem Weg zu Edeka, der unabhängigen an der Landstraße. Ja, sage ich, ich weiß schon, und dabei starre ich auf meine nackten Füße, als gäbe es dort etwas zu sehen. Ich denke an alle Stunden, die ich damit verbracht habe, mir Mugo in einer Stadt vorzustellen, in einer großen, anderen Stadt. Warum hat sie nicht Bescheid gesagt? Noah drückt sein Bein an meins und sagt: Acki hat auch erzählt, dass sie dort oft die Nachtschichten macht. Also, eigentlich immer. Dann sieht er mich an. Ich schaue zurück, schaue ihn an und lasse die Augen dabei offen, ganz weit. Auch heute?, frage ich, aber Noah zuckt bloß mit dem ganzen Körper. Ich stehe auf, ich suche meine Schuhe. Ich gehe, und niemand ruft mir nach. So ist das, so war das schon immer. Bei Noah ist das ganz anders, aber das ist mir egal, vor allem jetzt. Ich schaue auf meinem Handy nach. Zur Tankstelle sind es 2,9 Kilometer. Ich fange an zu laufen.

4

Für die Strecke braucht man neununddreißig Minuten, aber ich bin meistens schneller als Google Maps, weil meine Beine so lang sind, es sei denn, ich verlaufe mich. Das kommt aber nicht in Frage, denn die Straße ist gerade und es ist alles sehr leicht zu finden, zumindest für mich, denn ich kenne die Wege hier, seit ich geboren bin. Es ist komisch, hier entlangzulaufen, im Dunkeln durch die Stille, links und rechts von mir die Fenchelfelder, die nach Anis duften und wedeln, bei Wind. Es ist auch komisch, weil ich weiß, wie schnell ich auf der Landstraße fahre, wenn ich allein bin im Auto, ich bin schneller, als es die Schilder erlauben, und manchmal, wenn im Radio etwas mit viel Bass läuft, mache ich kurz die Augen zu. Darum habe ich jedes Mal ein bisschen Angst, wenn ein Auto kommt, denn man erwartet mich ja nicht in der Dunkelheit, und vielleicht machen das hier alle so. Obwohl, richtige Angst ist es nicht, denn ich habe nur zwei richtige Ängste, nämlich Röntgenstrahlen und Schimmel. Mugo hat mal erzählt, dass sie früher Meeresforscherin werden wollte, doch dann hat sie einen Dokumentarfilm gesehen, und ihr ist aufgefallen, wie gruslig es ist dort unten, und dann wollte sie das nicht mehr mit dem Forschen. Ich weiß noch, dass ich mich gewundert habe, damals, denn Mugo war ja so mutig bei allem, aber das mit dem Meeresgrund war wohl eine spezielle Sache.

Wie ich so laufe, ist es eigentlich die ganze Zeit das Gleiche – die Beine, der Asphalt, der weiße Streifen –, und darum kann ich an nichts als Mugo denken, weil es ja nichts gibt, was mich ablenkt.

Als sie auf einmal da war, war ich sechzehn, ungefähr. Der Sommer war fast vorbei, es waren späte Ferien, und als wir wieder in die Schule mussten, lagen auf den Straßen schon die ersten Blätter in Gelb und Orange, als würde alles schreien, das ist das Ende, das Ende von allem. Es kam dann aber keine Apokalypse, sondern nur der erste Schultag, aber der war auch scheiße, weil alles neu gemischt wurde nach Interessen, und mir war leider aufgefallen, dass ich gar nicht wusste, was meine Interessen sind, und darum bin ich einfach in irgendeinen Kurs gegangen. Da saß dann Mugo, und sie war ganz offensichtlich neu, denn die Plätze neben ihr waren frei, links und rechts. Als ich reinkam, hat sie mich fixiert mit ihren Augen, fast wie mit einem Schraubstock, und dann war ich kurz mutiger als jemals sonst und habe mich neben sie gesetzt. Erst war es still, aber dann hat sie ihre große Hand ausgestreckt, mit geradem Ellbogen, und gesagt, ich bin Mugo, und sonst nichts. Ich habe meinen Namen gesagt und ihre Hand geschüttelt, wie sie das erwartet hat, vermutlich, und dann habe ich sie gefragt, was das für ein Name ist, Mugo, und sie hat gesagt, na ja, eigentlich Maria, aber Mugo ist besser, Mugo wie Mutter Gottes.

Wie ich hier laufe in ihre Richtung und gleichzeitig zurückdenke, kommt es mir vor, als wäre da schon die Entscheidung gefallen, am allerersten Tag, in der allerersten Minute, als wäre schon alles abgemacht gewesen. Das ist sicher ein Irrtum, aber lange hat es nicht gedauert, ein paar Wochen, maximal. Ich habe sehr schnell gemerkt, wie klug sie ist, und alle anderen auch. Warum warst du eigentlich auf der Hauptschule bis jetzt?, habe ich sie mal gefragt in der Pause, denn es war mir ein Rätsel: Sie war in allem schneller und besser als wir. Wo ich herkomm, da ist es eine Überraschung, wenn man schlau ist, hat sie damals gesagt, da wo du herkommst, ist es genau andersrum, weißt du?

Ich stelle mir vor, wie sie in der Tanke steht, hinter der Theke, vielleicht sogar mit einer Kappe mit Logo drauf. Ich frage mich, wie sie jetzt aussieht, denn in meinem Kopf bleibt sie immer gleich. In meinem Kopf trägt sie immer noch Turnschuhe und Hemden und die Haare offen und lang und hat immer noch dieselben tropfgroßen Augen mit den kleinen Punkten um die Pupillen. Ich weiß nicht, was ich jetzt erwarte: ob ich hoffe, dass sie da ist heute Nacht, oder eben das Gegenteil. Das war auch wieder so eine wahnsinnige Idee, einfach loszulaufen, aber dann denke ich wieder an Noah und vorgestern Nacht, und da ist das hier nichts gegen. Wenn sie dort ist, was soll ich ihr dann sagen?

Es ist lange her, dass ich hier das letzte Mal langgelaufen bin, denn eigentlich ist es viel zu weit, aber gerade ist es genau richtig. Ich brauche noch etwas Zeit, um mich auf das vorzubereiten, was jetzt kommt, vielleicht. Ich meine, ich habe fast zwei lange Jahre Zeit gehabt, und ich habe immer gewusst, dass ich sie irgendwann mal wiedersehe, aber trotzdem kommt das unerwartet: jetzt, hier, heute, ich weiß nicht.

Das erinnert mich an etwas, das habe ich letztens irgendwo gelesen: Es gibt ein Dorf in Schottland, das hatte einen Strand bis in die Achtzigerjahre, aber er wurde immer kleiner, bis er irgendwann ganz verschwunden war. Und dann, dreißig Jahre später, an irgendeinem Morgen im Herbst, war der Strand plötzlich wieder da. Er klebte einfach wieder an der Küste dran, und alle waren glücklich. So ähnlich ist das mit Mugo, denn sie hat sich sehr lange sehr weit weg angefühlt, und jetzt, von einem Moment auf den anderen, ist sie wieder ganz nah. Dabei weiß ich nicht, wo sie gerade ist; vielleicht hat sie frei und hängt irgendwo mit Rocco und den Jungs ab wie früher, falls die auch alle noch hier sind. Ich hätte bloß mal fragen müssen in einer großen Runde, und Mugo, hätte ich fragen müssen, weiß da jemand etwas?

Nach fünfundzwanzig Minuten sehe ich die Leuchtschriften der Tankstelle, ich wusste, ich bin schnell. Die Tanke ist eine Oase für mich, und sie wird größer mit jedem Schritt. Das ist gut, denn mein Herz schlägt so schnell jetzt, dass es klingt, als hätte ich vier Füße, und das kann ich nicht mehr lange aushalten. Ich kann die Benzinpreise lesen. Ich würde das gerne einschätzen können und sagen, oh, das ist aber teuer, das liegt daran, dass es abends ist und Sommerferien und Wochenende und die Zeit des abnehmenden Mondes, meinetwegen. Aber das ist wie mit der

Deutschlandkarte: Die Preise sind bloß Zahlen für mich, ich habe keine Ahnung vom Tanken, wie von Städten und Straßennetzen. Als ich ankomme, ist alles ganz leer, bloß ein Roller am Rand, Mugos Roller.

Mein Herz springt gegen meine Luftröhre wie ein Flummi, das ist doch verrückt: dass ein Roller so etwas mit mir macht. Diese Reifen, es sind dieselben wie früher, der Lenker, der schmale Sattel ... Ich hätte nicht gedacht, dass es diesen Roller noch gibt, ich meine, klar, irgendwo, aber doch nicht hier, an diesem Ort, immer noch. Ich kann mich nicht an die letzte Situation erinnern, als ich mich so gefühlt habe, so voller Adrenalin und trotzdem steif wie irgendetwas aus Holz.

Es ist ein bisschen wie eben, als Noah gesagt hat, dass sie hier ist, einfach wieder hier ist, bloß schlimmer, vielfach, tausendfach stärker. Ich komme von der Seite und muss um das Gebäude herum, ich fange an zu laufen, bloß ein paar Meter, jetzt! Ich bleibe stehen im Dunkel, damit sie mich nicht sieht, und es reicht ja auch, denn ich sehe sie, sie ist da, Mugo ist da. Sie steht hinter dem Schalter, die Haare zu einem Zopf, den Zopf durch die Kappe, wirklich, sie trägt eine Kappe, und dazu passend ein Polohemd, weiß und rot. Sie ordnet Dinge auf dem Tresen, schiebt sie herum und sieht schön, so schön aus dabei, wie früher. Ich hoffe, sie hört mein Herz nicht, wie ich so dastehe und sie anschaue durch die Fensterfront. In meinem Kopf klingt es so laut wie Trommelschläge auf diesen großen, schweren Pauken bei den Spielmannszügen, als würde hier alles pulsieren in meinem Rhythmus.

Ich weiß nicht, was ich tun soll. Ich habe mir immer bloß vorgestellt, sie anzusehen durch die Scheibe, aber was dann? Ich könnte umdrehen und zurücklaufen, einfach nach Hause gehen und morgen wieder nach München, und niemand wüsste, dass ich hier war, nicht mal Mugo. Ich gehe vorsichtig näher, immer außerhalb des Lichtscheins; ich will sie nicht erschrecken, wie ich hier herumschleiche, aber ich kann auch noch nicht rein, ich muss sie erst noch kurz anschauen. Sie sitzt auf einem Barhocker, eine Hand am Tresen, und dreht sich langsam hin und her. Ich glaube, sie liest in einer Zeitschrift oder in einem Buch, denn sie macht immer wieder diese Blätterbewegung in Richtung ihrer Schenkel.

Oh, ich vermisse ihre Schenkel; wenn ich sie so sehe, dann fange ich an, mich zu erinnern, wie sie ohne dieses Poloshirt aussieht und überhaupt ohne alles. Ich habe mir das oft vorgestellt, allein in meinem Bett und wenn ich am offenen Fenster saß und manchmal auch in der Dusche, aber ich habe so viel vergessen, dass es mich jetzt erschlägt regelrecht, ihr Schlüsselbein, ihre großen Handflächen, der Wirbel in ihrem Nacken. Wenn man sich jemanden vorstellt, dann ist das immer bloß eine Ahnung von der Person, und die hat manchmal nur wenig damit zu tun, wie es wirklich ist. Es ist nicht ganz so bei Mugo, denn ich habe damals viel, sehr viel Zeit gehabt, mir ihren Körper einzuprägen; es gibt Tage, da denke ich, Mugos Körper ist der einzige, den ich jemals nackt gesehen habe, und das war ja auch lange so, bis auf meinen eigenen, natürlich. Ich denke dann, dass alle Körper danach bloß Abziehbilder von ihrem, dem ersten waren, aber dann muss es schon ein sehr einsamer Tag sein.

Die Aufregung wird nicht weniger, so wie nie etwas weniger geworden ist mit Mugo, außer vielleicht die schlechten Dinge. Ich schlucke meine Spucke hinunter, davon habe ich immer so viel plötzlich, wenn etwas wichtig ist. Ich gehe auf die Tür zu, denn wenn Mugo wüsste, dass ich schon mal hier war und einfach wieder gegangen bin, dann würde sie lachen, furchtbar lachen, und mich ganz erbärmlich finden, wahrscheinlich, und das möchte ich nicht. Ich habe das hin und wieder gemacht, in München, in der Zeit ohne Mugo: mir vorgestellt, was sie jetzt denken könnte oder tun, und wenn ich die Kraft dazu hatte, dann habe ich das Gleiche gedacht oder getan, aber oft war Mugos Variante anstrengend oder gefährlich oder irgendwie unbequem, und dann habe ich es gelassen. Wenn Mugo an meiner Stelle wäre, jetzt, in diesem Augenblick, dann würde sie ihren Zopf zwirbeln und einmal tief in die Rippen atmen und dann einfach durch die Tür treten, und daran denke ich und gehe los.

Die Türen öffnen automatisch, und wenn ich entspannter wäre, mit mehr Sicherheit, dann könnte ich da reinschreiten wie ein König, aber so bin ich nicht, ich holpere mit kurzen Schritten und bleibe abrupt im Raum stehen. Mugo schaut von ihrem Schoß auf mit einem Gesicht, das sie hier wohl immer macht, die Mundwinkel nach oben, aber die Augen tot, und so schaut sie mich an, schaut mich an, als wäre ich ein Kunde und würde gleich sagen: Für mich einmal die drei, bitte, und dann meine Karte herausnesteln. Ich bin aber kein Kunde, und darum sollte ich jetzt etwas anderes sagen, etwas Schlagfertiges, aber ich bin sprachlos wie so oft. Ich stehe bloß da, in meinem Bauch der Trommelspieler, und starre sie an mit offenem Mund.

Sie braucht etwas zwischen einer und zwei Sekunden, und dann ändern sich ihr Blick, ihr Mund, ihr ganzes Gesicht wird ein anderes, wird eines, das ich viel besser kenne und das ich mir vorgestellt habe, immer, immer wieder, bis mir schwindelig wurde und der Horizont umgekippt ist vor meinen Augen. Sie atmet durch den Mund, und wahrscheinlich könnte ich hören, wie die Luft an ihren Zähnen vorbeistreift, wenn ich bessere Ohren hätte, aber die sind leider sehr schlecht, wie alle meine Sinnesorgane. In der Wildnis, denke ich oft, wäre ich verloren. Aber hier bin ich es ja auch, genau hier, an dieser Tankstelle, in dieser Nacht, es braucht nicht einmal Natur dafür, nicht einmal einen Sturm, nicht einmal einen Wolf, anscheinend, und es fühlt sich trotzdem alles so ursprünglich an.

Mugo sagt erst nichts, schweigt und schaut und atmet, dann kommt ein Funkeln über ihre Augen, wie ein Lichtreflex, aber es ist kein gutes Funkeln. Ich habe gedacht, ich habe gehofft, wenn wir uns irgendwann wiedersehen, dann wird alles golden und voller Licht, und sie lacht und ist ganz schnell ganz nah an meinem Gesicht, aber jetzt fühlt es sich an wie unfassbar viel Abstand, viel mehr als nur ein Tankstellenschalter, viel mehr sogar als von hier bis nach München. Es fühlt sich an, als müsste ich einmal rückwärts um die Erdkugel laufen, um sie anzufassen, als könnte ich nicht einfach meinen Arm ausstrecken, so weit weg. Mugo steht dort und sieht mich bloß an, aber sie lacht nicht dabei und ihr Herz springt nicht unter ihrem Poloshirt hervor und auch sonst passiert viel, viel weniger, als ich mir vorgestellt hatte.

Dann sage ich: Hallo. Das ist nicht das, was ich sagen will, eigentlich, aber das Einzige, was mir spontan einfällt. Mugo sagt nichts, immer noch, und ich warte kurz, ob etwas kommt, aber es bleibt still um uns. Ich hätte gern zwei Bier, sage ich, bloß, um noch etwas zu sagen. Mir fällt ein, dass ich ja in einer Tanke bin und nicht in einer Kneipe, und darum gehe ich selbst zum Kühlschrank, seitlich, im Krebsgang. Wir lassen uns nicht aus den Augen dabei, ich laufe blöd und ungelenk, ich habe das Gefühl, die Beine sind falsch an meine Hüften geschraubt, aber gleichzeitig weiß ich, das ist nur Einbildung. Ich öffne die Schranktür, greife nach zwei Beck's – kein Beck's, sagt Mugo, und ihre Stimme ist wie immer, sie klingt, als wäre alles noch da. Ich greife zwei Kölsch, ich stelle die Dosen auf den Tresen. Vier sechzig mit Pfand, sagt Mugo, ich pule ein paar Münzen aus meiner Hosentasche. Ich will ihr das Geld geben, ich denke schon an ihre Fingerspitzen, wie sie sich in meine Handfläche graben, nur ganz leicht, und es wäre die erste Berührung, eine gute Berührung, vorsichtig und kurz, aber Mugo deutet mit der Hand auf den Geldteller, der mit einer Eiskaffee-Werbung unterlegt ist. Ich lasse die Münzen fallen, sie nimmt sie. Die Kasse öffnet sich und macht ping im Anschluss, ich bekomme Rückgeld, sonst nichts. Einen schönen Abend, sagt Mugo, ohne Emotion, ohne alles. Ich nehme ein Bier und schiebe ihr das andere hin, ich sage:

Trinkst du eins mit mir? Mein Herz wird wieder schneller, ich fühle mich mutig, als wäre das nicht bloß eine Frage, sondern ein Fallschirmsprung oder etwas anderes mit viel Höhe.

Erst passiert kurz nichts, dann schaut Mugo auf ihren Bildschirm und seufzt und legt dabei die Hand um die Dose. Dann aber draußen, sagt sie, und nicht so lange. Ich kann hier nicht schon wieder Scheiße bauen. Ich nicke, zu schnell, zu eifrig; ich sollte mich zurückhalten, es ist nur so schwer. Sie kommt hinter dem Tresen hervor, sie sieht aus wie immer, ein bisschen runder vielleicht, aber das ist gut. An den richtigen Stellen, würde meine Mutter jetzt sagen, aber bei Mugo ist jede Stelle die richtige, und je mehr es von ihr gibt, desto besser. Sie schaut mich kaum an, mit ein paar Schritten ist sie an der Tür. Kommst du?, fragt sie, und ich sage, klar.

Als ich raustrete, sitzt sie schon auf dem Bordstein vor dem Eingang. Vor uns sind Ölpfützen, die im Licht der Neonröhren schillern. Mugos erster Schluck ist größer als meiner, aber unser Schweigen ist gleich. Ich sitze stumm und lausche dem Glucksen aus den Dosen nach dem Absetzen, ich denke an gerade und davor und bin plötzlich sehr müde, so müde wie auf der Fahrt hierher durch die Nacht; meine Arme sind bleiern, meine Beine und alles, was daran hängt.

Was soll das?, fragt Mugo, und ich erschrecke, weil sich die Stille so nach Einverständnis angefühlt hat, nach Frieden und Harmonie und ein wenig sogar, als wäre ich nie weg gewesen. Was denn? Na alles, sagt Mugo, das Bier und dass du denkst, du kannst einfach so vorbeikommen. Kann ich nicht?, frage ich und schaue sie von der Seite an; Mugo sieht nach vorn und fixiert die Zapfsäule. Wo kommst du überhaupt her?, fragt sie. Na, aus München. Weißt du doch. Aha, sagt sie, und? Was und?, frage ich, und ich merke, wie sich alles zuschnürt in mir. Ich habe gedacht, das würde anders sein, ich habe gehofft, sie würde mich anstrahlen und anfassen und ihre Stirn an meine drücken, ganz fest.

Was hast du denn gemacht in München?, fragt Mugo, und ihrer Stimme ist anzuhören, dass sie denkt: Es kann ja nichts sein. Und sie hat recht: Es war ja nichts, so richtig. Ich war in der Uni, Geografie. Oh, Erdkunde, sagt sie, und ich sage, ja, na ja, nicht direkt. Cool, sagt sie, als fände sie das gut, aber ich weiß, das stimmt nicht. Und Noah? Der ist auch zurück, sage ich. Gut, sagt sie, aber sie freut sich nicht, warum auch. Wie ist denn München so? Also, sage ich und merke, mir fällt nichts ein. Sauber. Und viele Steine. Mugo knurrt und trinkt noch einen Schluck, und auf einmal ist mir das alles sehr unangenehm.

Uns gefällt es, sage ich, damit sie nichts merkt, aber sicher tut sie es trotzdem. Aha, sagt Mugo. Dann Schweigen, dann sagt sie: Ich war ficksauer auf dich, weißt du. Der Trommler fängt wieder an zu schlagen, ich blicke an mir runter, hektisch, weil ich fürchte, dass man das Pochen durch den Stoff sieht, wie bei einem kleinen Tierchen unter dem zarten Brustkorb, aber da ist nichts, nur dieser lächerliche Aufdruck auf dem T-Shirt. Ich sehe aus den Augenwinkeln, dass Mugo mich jetzt anschaut, endlich anschaut, und ich würde am liebsten zurückschauen und meine Hand auf ihre Halsschlagader legen, ganz leicht, und irgendwann meinen Mund auf ihren, aber dann fällt mir wieder ein, was sie gesagt hat, und ich sehe zur Seite und denke: Oh. Ich sage nicht, Oh, ich sage: Warum?, und als sie nicht antwortet: Du hast selbst gesagt, dass du hier wegwillst. So schnell wie möglich, hast du gesagt. Klar, sagt sie und scharrt mit den Füßen. Aber das ging dann sehr schnell, und Noah ist ein Wichser. Na ja, es geht schon, sage ich leise, und dabei rolle ich die Dose zwischen den Handflächen. Die Dose ist halb leer mittlerweile.

Ich erinnere mich an früher, als wir auf der roten Brücke saßen und unsere Füße baumelten unter uns vor und zurück, als würden sie im Wind wehen. Da haben wir das erste Mal über Noah geredet, Mugo und ich, und sie hat gesagt, dass sie das komisch findet, dass ich nur einen einzigen Freund habe, einen einzigen richtigen. Das ist, hat sie gesagt, wie in irgendwelchen Indiefilmen über gelangweilte Teenager; da hat jeder auch immer nur einen Freund, damit die Zuschauer nicht verwirrt sind. Bei dir ist es anders, habe ich gesagt, du kennst viele Leute, aber niemanden so richtig. Vielleicht, hat Mugo geantwortet und dabei ihre Beine gegen meine gebumpert, aber dafür ist mein Leben viel zu groß für einen Film.

Dann hat sie das erste Mal gesagt, was sie von Noah hält. Das war ziemlich schnell, wir kannten uns erst kurz, aber schon damals war ich nicht überrascht. Mugo findet, Noah ist ein Arschloch, und seine Eltern sind auch Arschlöcher und wohnen in einem Arschlochhaus. Sie sagt, das Haus ist nicht zum Wohnen da, sondern damit einem Leute von draußen dabei zusehen, darum auch das ganze Glas. Mugo hat damit nicht unrecht, Mugo hat eigentlich nie unrecht, aber Noah ist nun mal mein Freund, und darum habe ich bloß na ja gesagt, wie jetzt, wie immer, wenn es um ihn ging.

Hat er jemanden, der für ihn putzt?, fragt Mugo nach einer Pause. Ich denke schon, sage ich. Ich wünschte, ich könnte etwas anderes sagen, aber es wäre eine Lüge, und Mugo merkt sowas. Wenn ich lüge, dann schaue ich den Leuten immer zwischen die Augen, das ist mein Tarnblick, das habe ich mal im Internet gelesen, aber er verrät mich jedes Mal. Ich sage, ja, es kommt jemand, einmal die Woche. Auch für Wäsche und sowas, ich meine, er hat ja auch so viele Hemden und Sachen, die irgendwie akkurat aussehen müssen. Es klingt wie eine Ausrede, das ist es auch, vermutlich, und Mugo schnaubt und lässt den Rotz vibrieren im Rachen.

Und München, sagt sie. Ja, München, sage ich. Wie kommst du auf sowas?, fragt sie und sieht mich so fest an, mit ihren Augen, ihrem Gesicht, mit ihrem ganzen Oberkörper, dass sie mich zwingt, sie zurück anzusehen, das erste Mal hier draußen. Ich schaue und sage, weiß nicht; es ist das Ehrlichste, was ich sagen kann in diesem Moment. Denn wie ich hier so sitze, auf dem warmen Bordstein, das Dosenblech an den Händen und Mugo im Blick, da weiß ich wirklich nicht, warum ich damals weg bin, zusammen mit Noah. Ich muss mich richtig anstrengen, um mich an alles zu erinnern, an die Angst, als Einziger hierzubleiben, die Angst, die Dinge zu verpassen und überhaupt für immer allein zu sein. Ich sage nicht, ich wusste ja nicht, wohin. Ich sage nicht, du wolltest ja selbst nichts wie weg, ohne mich, du hast nie von uns gesprochen, ich sage: Das hat sich einfach so ergeben. Das ist ein sehr erwachsener Satz, ein Satz für Menschen, die in Bürofedersesseln sitzen und auf ihre unsichtbaren Armbanduhren tippen und dabei etwas sagen wie: tempus fugit, oder, dito, oder so.

Mugo sagt, fick dich, Martin, und steht auf und geht zurück durch die Automatiktür. Im Gehen zerknüllt sie die Dose wie Papier, wie die Arbeiten früher in der Schule. Die Tür schließt sich hinter ihr. Ich springe auf, meine Beine funktionieren wieder – wenn es ernst wird, kann ich mich auf meine Beine verlassen –, ich stürze durch die Tür, weil da plötzlich etwas in mir ist, das sich anfühlt wie Wut, weil alles, alles so anders ist als gedacht, und ich schlage drinnen meine Hände auf die Theke, dass es klingt wie eine riesige, fette Ohrfeige. Mugo sieht nicht von der Kasse auf. Auch nicht, als ich sie frage, was das soll, jetzt nach der langen Zeit, wie sie darauf kommt, mir so etwas an den Kopf – aber da unterbricht sie mich, sie redet einfach so lange, bis ich aufhöre, das hat sie immer schon gemacht, und sie gewinnt jedes Mal.

Sie sagt, ich hab drei verschissene Jahre mit dir verschwendet, du Arschloch, drei Jahre, und wir haben jeden Tag über diesen Dreck hier geredet, und wir waren uns einig, dass wir da rauswollen, diese ganze Zufriedenheit und dass hier niemand jemals eine Frage stellt und dass hier jeder alles irgendwie in Ordnung findet. Du hast selbst gesagt, dass dich das fertigmacht, sagt sie, nein, schreit sie mir entgegen, sie schreit, du hast selbst gesagt, dass Noah dich nicht versteht, dass er das alles nicht versteht, und dann kommt der verdammte Sommer und du kriegst Panik und du verpisst dich mit ihm nach München, fick dich!, schreit sie, brüllt sie mir entgegen und wirft die Bierdose nach mir, aber im letzten Moment hält sie doch daran fest, sodass der ganze schale Rest in mein Gesicht spritzt, mein Oberteil durchnässt, ich weiche zurück, die letzten Tropfen prasseln auf den Boden, ein paar Spritzer auf meinen nackten Beinen, ich merke, die Wut von eben ist immer noch da, und darum mache ich das Gleiche wie Mugo, es ist wie ein Kurzschluss. Ich schwenke die Dose in der Luft wie ein Priester den Weihrauch, und das Bier schwappt über die Theke, es glitzert in der Luft, und ganz kurz sieht es sehr schön aus, und dann trifft es Mugo wie ein Platzregen, es ist viel mehr als bei mir, und sie hört auf zu schreien, steht dort mit nassen Strähnen im Gesicht, wartet bloß, bis es vorbei ist, und ich denke, jetzt ist es geschafft, jetzt ist endlich wieder Ruhe, aber dann geht es los.

Sie beugt sich zu mir über den Tisch, und mit einer einzigen festen Bewegung schubst sie mich, ihre Hände gegen meine Brust, denn an meine Schultern kommt sie nicht ran, aber trotzdem taumele ich, ich habe Angst zu fallen, nur kurz, ganz kurz, dann fange ich mich, doch in der nächsten Sekunde trifft mich knisterndes Zellophan an der Stirn und trudelt zu Boden wie ein toter Vogel, mitten in die Bierpfütze. Ich schaue nach unten, aber da trifft mich ein zweiter Knusperriegel, dann noch einer, alle im Gesicht; Mugo war immer schon treffsicher mit Steinen und beim Dart und mit ihren Wörtern sowieso. Ich greife hinter mich, ich suche mit den Fingern nach Dingen, ohne hinzusehen, aber da ist nur Zeitung oder sonst ein Papier, und ich zerre daran, bis mich ein letztes Snickers auf der Stirn trifft, aber irgendwie leichter als die davor, fast liebevoll, und Mugo sagt: Hör auf damit, das ist lächerlich, hör auf. Ich sage, okay, aber nur aus Reflex. Ich lege die Zeitung zurück, das Titelblatt zerrissen, Prospekte auf dem Boden. Mugo sagt: Was für eine riesige Scheiße, Mann, und knibbelt an der rauen Stelle an ihrem Ellbogen. Meine Stirn tut weh, Mugo wirft fest und gut, aber das sage ich ihr nicht, denn sie weiß das, und außerdem würde sie sich nie entschuldigen. Ich frage stattdessen: Warum bist du wieder hier? Eine gute, eine ehrliche Frage. Mugo knurrt noch mal, wie eben draußen, und dann verbirgt sie das Gesicht zwischen den Armen auf der Tischplatte.

Da ist so viel Verzweiflung plötzlich, so viel Erschöpfung, dass ich die Hand ausstrecken will und auf ihren Kopf legen, aber da kommt sie schon ruckartig wieder hoch; Mugo ist nie lange verzweifelt. Nur kurz, sagt sie und richtet sich ganz auf, ich bin nur kurz hier, ich bin eigentlich schon wieder weg. Das wusste ich nicht, sage ich. Wie denn auch, antwortet sie, und dann: Ich habe im Ausland gelebt für eine Zeit, weißt du? Im Ausland, wow. Ja, sagt sie, geht um den Schalter herum und sammelt die verstreuten Riegel auf. Mehr sagt sie nicht. Und wo?, frage ich schließlich, weil länger nichts passiert. Also, ich war in Wien für ein Jahr, sagt sie dann, leiser jetzt, und als sie die Dinge wieder einsortiert, sieht sie ein wenig verlegen aus. Oh, Wien, sage ich und überlege gleichzeitig, ob das witzig ist, jetzt etwas über Mozart zu sagen, oder wenigstens über Mozartkugeln, aber rechtzeitig genug fällt mir wieder ein, dass das genau das ist, was Mugo hasst. Ja, Wien, sagt sie, und dabei schaut sie prüfend nach oben zu mir, denn sie weiß genau, das ist nicht das Ausland, an das ich gedacht habe, und dass ich etwas anderes erwartet hatte, mit mehr Hitze vielleicht, so heiß, dass man nachts einen Ventilator im Zimmer braucht, oder einen Ort mit Pflanzen, die viel fleischiger und grüner sind als hier bei uns. Sie hat mir diese Falle gestellt, aber ich bin zu schlau; ich kann mich noch an jedes Gespräch erinnern, das wir geführt haben, und darum auch an das über Exotik. Exotik, hat Mugo gesagt, als wir einmal zusammen in der Stadt herumgelaufen sind, das sind keine Gerüche und keine Tiere und Sprachen und keine Wandbehänge, das ist nur, was in deinem Kopf passiert, in deinem blonden, deutschen Kopf.

Ich war nie in Wien, und ich weiß nichts über Wien, also sage ich: große Stadt, cool. Geht, sagt sie, es geht so. Sie setzt sich zurück auf den Hocker, lehnt sich vor, stützt sich auf die Unterarme. Ich kann sehen, wie das Fleisch auf der Innenseite ein bisschen auseinandergeht, wo es auf der Tischplatte aufliegt, und ich stelle mir vor, wie weich sie dort ist. Warum bist du wieder hier?, frage ich, und dieses Mal antwortet sie schnell und sagt, Gegenfrage: Warum bist du wieder hier?, und dann schauen wir uns ratlos in die Gesichter, stumm und unnötig ernst, und kommen uns beide so wichtig dabei vor, dass es ganz schnell lachhaft wird. Mugo verliert bei so etwas nie, Mugo bleibt entschlossen und bei der Sache, aber ich muss nach unten sehen, auf die Rillen in meinen Handflächen, und dann versuche ich es mit einem letzten freundlichen Blick, nur kurz, nur vorsichtig, ein Lächeln ohne Zähne, und dieses Mal ist da dieses Schimmern in ihren Augen, rund um die Iris, und dann rund um den Mund, und das ist ein Gefühl, wie wenn der Himmel aufbricht nach einem Sturmtief, als wäre das Schlimmste vorbei, mehr noch: als könnte nie wieder etwas Schlimmes passieren.

Mein Kopf ist ein Kreisel. Ich stütze meine Arme nun auch auf den Tisch, dafür muss ich zwei Schritte zurückgehen und mich weit hinunterbeugen, ich sehe von der Seite aus wie ein Geodreieck. Unsere Gesichter sind ganz nah, und ich schwöre mir selbst, nirgends hinzuschauen als in ihre Augen, aber meine Augenwinkel sind die geschicktesten der Welt, und darum kann ich ihren Hals erahnen, die runden Ecken ihres rechten Ohres, das Grübchen in ihrem Kinn.

Ich verschwinde wieder von hier, sagt sie, und ihr Gesicht wird ganz fest, wenn ich genug Geld verdient habe. Sie stößt sich nach hinten ab und streicht dabei mit beiden Händen über die Oberfläche. Das Geräusch dazu ist ein Quietschen von Schweiß auf Plastik, nichts Ungewöhnliches. Aber ich kenne ihre Hände so gut, sie sind eigentlich trocken und voller Hornhaut, und deshalb ist das ein Indiz, ich weiß bloß noch nicht, wofür.

Mugo kann das gut: Wenn ein Moment feierlich wird, so wichtig eben, dass Musik eingespielt würde, wären wir im Fernsehen, dann sagt sie etwas wie, super filmig, und macht den Moment kaputt. Daher geht sie jetzt auch nach rechts, hinter die beleuchtete Vitrine neben der Kasse, und schaut zwischen den Pizzateilchen und belegten Brötchen durch. Ich will nicht, ich will wirklich nicht, aber ich muss ihr folgen, und darum gehe ich auf meiner Seite nach links und beuge mich wieder runter, bis wir uns durch die Scheibe hindurch ansehen. Guck mal, sagt sie und zeigt auf ein riesiges Baguette, ohne mich aus den Augen zu lassen, das wiegt 600 Gramm. Okay, sage ich. Das Baguette ist mit halbierten Frikadellen belegt. Wenn ich das jetzt esse, sagt Mugo – und ihr Mund ist plötzlich wieder das Lachen, das ich so lang so viel im Kopf hatte –, dann bestehe ich zu einem Prozent aus Baguette, theoretisch.

Ich denke, dass mir das egal wäre und dass sie auch zu hundert Prozent aus einem Frikadellenbaguette bestehen könnte, als ihr Kopf hinter den Brötchen verschwindet und neben der Vitrine wieder auftaucht. Solltest jetzt gehen, oder?, fragt sie, aber eigentlich ist es keine Frage. Klar, sage ich, obwohl ich nichts weniger will und auch nichts vorhabe, mindestens die nächsten vier Wochen. Aber der Moment ist vorbei, Mugo hat ihn zerschlagen wie eine glitzernde Fensterscheibe, und jetzt ist er nicht mehr zurückzuholen.

Ich muss das jetzt mal wegmachen, sagt sie und zeigt auf meine Füße. Sie meint die Bierpfütze, in der ich stehe; ich schätze, sie steht auch in einer, und die ist sicher noch größer. Gut, ja, sage ich, weil mir immer nur Füllwörter einfallen, wenn sie mich so ansieht. War aber schön, sage ich noch, dich wiederzusehen und alles. Mugo sagt erst nichts, und dann sagt sie, find ich auch, aber ihr Gesicht bleibt, wie es ist, und es fühlt sich an wie eine Höflichkeit. Ich meine, ist doch verrückt, sage ich noch, ich kann einfach nicht aufhören. Du und ich, diese Tanke hier und die Hitze ... Wird Zeit, Martin, sagt sie, dreht sich zum Waschbecken und greift nach einem Lappen. Ich schau kurz ihren Rücken an, ich sage: Wir können ja mal die Tage ... Schlaf gut, sagt sie und dreht sich nicht mehr zurück.

5

Es ist viel heißer draußen, als ich dachte. Der Asphalt schwummert vor meinen Augen, vor allem in der Ferne, und überall sind Rollläden vor den Fenstern. In der Stadt, wenn es warm ist, sind alle draußen in den Parks oder in den Eiscafés unter Sonnenschirmen und Kinder spielen in den Springbrunnen, aber hier ist es wie in einer verlassenen Militärsiedlung. Ich biege aus unserer Spielstraße nach links ab. Ich hätte auch nach rechts gehen können oder weiter geradeaus, es ist alles sehr ähnlich. Natürlich nicht überall, weiter hinten kommen die Felder und davor Noahs Haus, und wenn man ein paar Minuten mit dem Auto die große Straße nach rechts langfährt, dann ist da die Tankstelle und die rote Brücke, und dahinter wohnt Mugo in einem der Blocks, Haus 4, Stock 11. Wenn sie von zu Hause erzählt hat, dann von der Aussicht.

Wenn man aber links geht wie ich, dann ist erst alles betoniert, und dann beginnt eine Straße, die zu einem Feldweg wird, mit tiefen Rillen von den Rädern und einem Grasstreifen in der Mitte, wie ein Irokesenschnitt auf dem Boden, und am Ende kommt der Bauernhof. Der Hof ist nicht so, wie man sich einen Bauernhof vorstellt, dann würde er nicht hierherpassen. Er ist grau und eckig, wie die Fabrik für Tiefkühlkost weiter draußen, und fast ohne Tiere. Es gibt Hühner, aber nur ein paar im Innenhof, und darum gibt es selten Eier, die man kaufen kann. Der Bauer heißt Lothar und war schon alt, als ich noch sehr klein war, und außerdem allein. Er ist sozusagen ein Salatbauer, denn auf seinen Feldern sind hunderte, tausende Salatköpfe in Grün und Rot, unter Planen und Fließdecken im Winter und im Sommer begossen von riesigen Wassersprenklern, die ständig Radfahrer treffen. Sonst gibt es nichts auf Bauer Lothars Hof, nur ein Gewächshaus, das leer steht in den schlechten Jahren, und einen Turm aus Paletten vor dem Tor. Morgens kommen Menschen und helfen Lothar auf dem Feld, abends verschwinden sie irgendwohin, und er bleibt zurück. Noah und ich waren früher oft dort und haben uns Burgen gebaut aus den Paletten, haben die ganze Kraft unserer kleinen Körper auf das Sperrholz verwendet und sie aufgestellt zu Unterständen und Höhlen, in denen wir herumsaßen, bis Lothar uns ein paar gekochte Eier mit Mayonnaise gebracht und dann nach Hause geschickt hat. Manchmal durften wir vorher noch kurz mit ins Haus, und er hat in seiner gefliesten Küche unseren Blutdruck gemessen mit diesem Pumparmband. Das war früher sehr aufregend für uns, manchmal hatte ich niedrige Werte. Der Weg zurück war nicht weit, aber wir haben uns jedes Mal gefühlt, als kämen wir von einem Ausflug zurück.

In der Nähe des Bauernhofs wohnt Josef mit seinen Eltern und seinen unzähligen kleinen Geschwistern, die ständig dreckige Gesichter haben, egal, wann man kommt, und alle wahnsinnig gern Obst essen. In Josefs Haus ist das Meiste aus Holz, es gibt Körner in Glasbehältern, und es riecht überall ein bisschen nach Erde. Wenn wir früher Lust auf Beerdigungen hatten, haben wir die doppelten Fenster geöffnet und nach toten Fliegen gesucht. Als Kind hat Josef häufig draußen gespielt, und das musste er auch, denn dauernd haben Eichhörnchen irgendwelche Kabel zerbissen, und sie hatten kein Fernsehen, wochenlang.

Ich glaube, Josef wohnt da immer noch, außer wenn er wohin fährt zwischendurch, für eine Reise oder einen Job. Ich weiß noch, im Sommer nach der Schule hat er als Minion verkleidet in Kinos gearbeitet, die wollten ihn unbedingt, weil er so klein und so zart ist und so gut in das Kostüm gepasst hat. Da ist er dann mit sechs anderen sehr kleinen Menschen durch die Städte gezogen für drei Monate. Er hat erzählt, wenn ihre Kostüme abends an der Garderobe gehangen haben, sah das aus, als hätten sich nebeneinander sieben Minions erhängt.

Es gibt eine freie Fläche neben den Salatfeldern und darauf einen Sportplatz, zwei Jungs spielen gerade Basketball. Der eine Junge trägt eine schwarze Hose und ein weißes T-Shirt, der andere eine weiße Hose und ein schwarzes T-Shirt. Wenn man sie von weitem anschaut, ungefähr aus meiner Entfernung, dann kann man sich vorstellen, sie trügen dasselbe Trikot und der eine Junge würde im Handstand spielen. Es ist natürlich nicht so. Es ist nie so, wie es aussieht.

Ich treffe Noah in einer Stunde auf dem Edeka-Parkplatz, wir wollen in die Stadt. Auf dem Weg dorthin muss ich über einen Bahnübergang, der zu einem Bahnhof gehört, an dem ein Zug pro Stunde hält. Der fährt dann in den nächsten Ort und in den danach und bis dreiundzwanzig Uhr auch zurück. Als ich komme, sind die Schranken unten, wie immer, wenn ich hier bin, so fühlt es sich zumindest an. Ich kann den Bahnsteig sehen und die große Uhr auf diesem Stiel, direkt davor. Die Uhr zeigt 12:58. Ich denke, dass sich nichts, gar nichts verändert hat, denn ich weiß, jetzt wird der Zug einfahren, er wird halten, er wird umständlich seine automatischen Türen öffnen, zwei Minuten stehen bleiben und schließlich davonfahren, ungefähr um 13:03, und die ganze elende Zeit über werden die Schranken sich nicht bewegen. Wenn sie unten sind, bedeutet das, dass man wartet, egal, ob es regnet oder Nacht ist oder niemand sonst zu sehen, alle stehen hier diese langen Minuten und fixieren die gestreifte Stange. Mugo hat das wütend gemacht, so oft, bis ich irgendwann auch wütend war, und dann haben wir uns an den Händen gehalten und sind gemeinsam unter der Schranke durchgeschlüpft. Das hat sich angefühlt wie eine Revolte, aber das ist schon ewig her. Jetzt stehe und warte ich wie die anderen, bis der Zug kommt und das Rauschen, denn ich habe ja Zeit.

Der erste Wendehammer, der zweite Wendehammer, die Bänke unter der Kapelle, die Bushaltestelle – überall bin ich tausend Mal gewesen, und von überall drückt die Erinnerung an Mugo und mich, dass ich glaube, keine Luft zu kriegen, aber das bilde ich mir ein: Die Luft ist frisch und warm und gut.

Alles hier sieht aus wie eine Kulisse, wie die Attrappe einer Provinz, hergerichtet für einen Kinofilm über wütende Jugendliche, und ich erinnere mich dunkel an die eigene Wut, aber nun spüre ich bloß wieder die flirrende Stille und wie ungewohnt das in meinen Ohren ist. In München wohne ich an einer Straße mit Trambahn und Linksabbiegerspur, und der Lärm ist sogar in meinem Kopf, wenn ich schlafe, in München sind auch sonntags Menschen draußen, und Mütter mit winzigen Kindern haben irgendwoher die Kraft, sich morgens Flechtfrisuren zu machen, trotz allem, in München gibt es große Plätze und alles ist aus Stein und so ganz und gar anders als hier, dass ich lachen muss über die kleinen Zäune und den begrünten Kreisverkehr. Es ist, als würden Zwerge in dieser Siedlung wohnen. Mugo hat mir das vorgemacht mit der Wut auf die Dinge, und sie hat ganz schön viel Energie investiert, rückblickend, aber darum war sie für mich auch wie eine Königin, spitzzüngig und scharfsinnig. Ich brauche bloß kurz an sie zu denken, und mein Bauch fühlt sich an wie ein Vakuum. Ich komme mir lächerlich vor, mit pochenden Organen in dieser Szene, ich versuche mich zu erinnern, dass alles auf dieser Welt ja relativ ist, jedes Gefühl, aber ich denke auch, dass das mit Mugo das Einzige ist, was nach all den Jahren immer noch groß ist, was sich immer noch wahrhaftig anfühlt und genauso echt wie damals, und diese Erkenntnis trifft mich so unvermittelt, dass ich stehen bleiben muss und kurz ausharren, bis es wieder ruhig wird.

Ich will ihr immer noch gefallen. Ich merke das daran, dass ich mich plötzlich von außen sehe: wie ich durch den toten Ort laufe, groß und dünn, wie ich herumschlendere, als hätte ich kein Ziel, wie meine Arme dabei lose schlackern, wahrscheinlich. Es gab viele Momente früher, wo ich sie schön fand, so unverschämt schön, dass ich zu ihrem Körper immer auch an meinen denken musste. Aber Mugo hat sowas gar nicht wahrgenommen, und hätte ich ihr von diesen Gedanken erzählt, sie hätte gesagt, ich solle sie nicht langweilen.

Ich will ihr aber auch von innen gefallen, und ich merke, das habe ich nicht gestern. Das tut weh, überall, jeder kleine Fleck Haut ist gespannt und voller Scham. Ich habe versucht, die Fragen zu beantworten, die sie mir gestellt hat, letzte Nacht und heute, direkt nach dem Aufstehen. Ich konnte gar nichts tun, sie waren einfach da, aber die Antworten nicht. Ich kann mich erinnern, wie wir an der Kiesgrube saßen, Mugo und ich, oder in den Feldern, und wie sie nichts von dem verstehen konnte, was die Leute hier tun.

Mugo hat mit ihrer Mutter ganz in der Nähe gewohnt, in den Blocks hinter der roten Brücke, und da ist vieles sehr anders. Wenn sie mich abgeholt hat und wir am Haus von Noahs Eltern vorbei sind, dann hat sie das immer gezeigt, dass ihr das alles nicht passt. Wenn ich von meinen Eltern erzählt habe, von ihren Jobs und ihren Wochenenden, dann hat sie Dinge gesagt wie, dass ich wirklich aus der absoluten Mitte der Gesellschaft komme, als hätte das jemand mit der Wasserwaage ausgemessen, und da wo die Luftblase ist, da sind wir. Ich habe dann immer gesagt, Quatsch, aber meine Argumente waren nicht so gut wie ihre, und außerdem war ihre Mutter allein mit ihr und ihrer Schwester und hat in einer Änderungsschneiderei gearbeitet von früh bis spät, und am Ende des Monats gab es trotzdem immer nur Nudeln oder Reis. Da habe ich ihren Ärger schon verstehen können, und irgendwann war ich dann selbst wütend.

Der Edeka, hat Mugo oft gesagt, ist ein Supermarkt für Menschen, die eh schon immer satt sind. Die Autos auf dem Parkplatz sind alle sehr sauber, und viele sind so groß, als müsste man hier ständig durch Unterholz fahren wie in den Werbungen. Ich will nicht draußen warten, daher gehe ich rein und schlappe zwischen den Regalen herum. In der Käseabteilung muss ich daran denken, wie Mugo mir das Klauen beigebracht hat. Ist ganz leicht, hat sie gesagt, und einen abgepackten Remmel in ihrer Hand gewogen. Dann hat sie so getan, als würde sie einen weiteren Käse aussuchen, und parallel die kleine Sicherung von der Folie geknibbelt. Der Trick ist, immer etwas zu kaufen, hat sie gesagt. Der Trick ist außerdem, vorn am Eingang keinen Korb zu nehmen, sondern den ganzen Einkauf in den Rucksack zu stecken, wie zum Transport. Dann räumt man den an der Kasse wieder aus, und dabei vergisst man dann eben den Käse, zum Beispiel. Mugo hat zufällig immer die teuren Sachen in ihrem Rucksack vergessen und manchmal auch alles bis auf eine Packung Airwaves. Der letzte Trick ist, dass man immer zu der Kassiererin geht, die schon am meisten nach Feierabend aussieht im Gesicht. Mugo und ich haben manchmal gepicknickt mit den geklauten Sachen, und sie haben besser geschmeckt als alles, was man hätte kaufen können. Aber weißt du, wichtig ist, hat sie einmal gesagt, und ich weiß noch, dabei hat sie einen Obstkuchen mit den

Fingern zerteilt, dass du nie irgendwo klaust, wo es klein ist und ehrlich.

Ich kaufe einen Kartoffelsalat in einer Plastikbox und eine Spezi. Kartoffelsalat ist gut, denn ich habe einen feuchten Hunger gerade, und da muss man Nudeln oder sonst etwas essen, wo viel Soße dran ist. Spezi ist auch gut, obwohl ich die am liebsten aus einem Glas trinke, denn dann ist sie braun mit orangen Rändern, als würde die Frucht im Getränk unbedingt ans Licht wollen.

Ich will mich gerade auf eine Betonleiste setzen, dort, wo es besonders heiß ist, wo einem die Platten die Oberschenkel verbrennen, da kommt Noah mit dem Transporter auf den Parkplatz und bremst direkt vor mir. Ich warte und schaue und halte dabei meinen Proviant in den Händen, und dann öffnet er die Fahrertür und ruft, dass wir an die Grube müssen, jetzt sofort und dringend. Ich frage mich, wann das aufhört, dass Noah mich in irgendwelche Autos zerrt und mit mir wohin fährt, ohne mich zu fragen, aber ich sage nur, okay, und steige ein.

Als ich sitze, merke ich, dass etwas nicht stimmt. Wir fahren nicht baden, oder?, frage ich, aber die Antwort ist schon in der Art, wie er das Lenkrad umfasst. Nein, sagt er nur, und dann: Da sind Bullen an der Grube, mit Tauchern und allem. Ich brauche ein paar Sekunden, es ist so heiß, und ich bin so langsam im Kopf, aber dann denke ich, die Nacht, die Fahrt, der Speer, das ging ja schnell. Acki hat mich angerufen, sagt Noah, da ist ein riesiges Spektakel, mit Feuerwehr und Durchsagen, Scheiße Mann, verfickte Scheiße, und dabei wird er lauter und hämmert auf dem

Armaturenbrett herum. Schau auf die Straße, sage ich, nicht, weil ich Angst habe, sondern, um ihn wieder runterzuholen, und Noah sagt bloß, halts Maul, sonst fahr ich mit Augen zu. Kurz ist es still. Ich denke, dass man das alles hätte ahnen können, alles, was hier passiert, und dass ich gespürt habe, dass es Ärger gibt. Ich sage: Wir sollten da jetzt besser nicht hin, oder? Noah sagt: Ich will das sehen, und damit ist es beschlossene Sache.

Wir erreichen die Grube diesmal von der anderen Seite, nicht von der Freizeitseite her, sondern von der mit den ganzen Geräten und Sandbergen. Die Pumpe steht heute still, dabei ist es Mittwoch, und auch sonst ist es ruhig und leer, und niemand rödelt an den Maschinen. Noah flucht, während wir die Kiesdüne hochklettern, er tritt in die Steine, dass der Schotter knirscht, als würden wir auf einem malmenden Gebiss herumlaufen. Noah wollte hierher, weil man hier einen Überblick hat. Wenn man oben steht, kann man alles sehen: das Ufer, das andere Ufer, die Felder dahinter, die Strommasten, die Siedlung und irgendwann die rote Brücke und die Blocks, einfach alles, denn es ist so unglaublich flach hier.

Die Baustelle glüht vor lauter Hitze. Wir stellen uns in den Schatten eines Baggers, nebeneinander, vor uns spiegelt der blaue See, ein zweiter Himmel mitten in der Landschaft, und darauf zwei kleine, rote Boote, die ziellos umhertreiben. Siehst du das, sagt Noah, die suchen ihn, die wissen, dass er da drin ist, scheiße, fuck, die wissen alles. Weiß ich nicht, sage ich, denn das kommt mir alles sehr viel vor für einen Speer, die Boote, die Autos, die ganzen

Menschen außerdem. Ich bin verbrannt, wenn das rauskommt, hundert Prozent, das ist dir klar, oder? Ja, ist mir klar, sage ich, und als ich zu ihm rüberschaue, ist da eine wirkliche Angst in ihm, sie lugt aus jeder Pore und macht ihn klein und blass. Hey, komm schon, sage ich und lege meine Hand an seinen Ellbogen. Er schüttelt sie ab und sagt: Wir hätten besser aufpassen sollen. Uns hat jemand gesehen, anders kann das gar nicht ... Ich nehme einen Schluck aus meiner Spezi und sage nichts mehr. Ich hieve mich auf den Unterkörper des Baggers, Noah steht unruhig unter mir; von hinten sieht er aus wie ein Fußballtrainer aus der Kreisliga am Spielfeldrand. Er beißt auf seine Fingerknöchel und lässt die Augen nicht vom Wasser.

Dann passiert etwas. Jemand ruft etwas in ein Megafon, ein Taucher taucht ab und wieder auf, dann kommt ein zweiter, und sie verschwinden gemeinsam. Siehst du das, sagt Noah, das ist fast genau da, wo wir ihn reingeworfen haben, schau mal, direkt da, diese kleine Bucht ..., und zeigt mit dem Finger in die Richtung, die er meint. Ja, sage ich, aber in mir entsteht ein ganz anderes Gefühl, ein Gefühl, dass es hier um mehr geht, dass das alles mehr Gewicht hat, und das erste Mal überlege ich, was die Polizei sonst noch in einem See suchen könnte, angenommen, niemand weiß von dem Speer, angenommen, es geht nicht ständig, nicht überall um uns.

Und gerade als ich diesen Gedanken zu Ende gedacht habe, als ich Luft gesammelt habe in meinem Brustkorb, da sind die Köpfe der Taucher wieder sichtbar und zwischen ihnen ein dunkles Paket. Die Taucher hieven das Paket auf eins der Boote. Wir können nicht gut sehen von hier oben, der Winkel ist immer ein falscher, wenn es wichtig ist, aber ich glaube zu erkennen, wie das Paket schwer wird, als es das Wasser verlässt, als hätte es sich mit Flüssigkeit vollgesogen, und plötzlich habe ich diesen Schwindel im Nacken, der von ganz tief innen kommt, und ich will noch nichts sagen, aber dann bereiten die kleinen Menschen am Ufer eine Folie vor, so eine mit einem Zipper vorne, und ich sage nur, fuck, oh fuck, und Noah sagt, fuck, eine Leiche.

Ich erinnere mich, wie ich mal am Fenster stand, zufällig, als gegenüber ein Hund aus dem fünften Stock gefallen ist. Am schlimmsten war die Geschwindigkeit. Wie schnell es vorbei ist, habe ich gedacht und von stürzenden Tieren geträumt in der Nacht darauf; es kann jederzeit, es kann an jedem Ort vorbei sein. Ich denke gerade, dass das kein Platz zum Sterben ist hier, zu viele Farben, zu viel Wärme und planschende Kinder am Ufer, da spüre ich eine Hand an meinem Bein. Die Hand gehört Noah, er klopft damit auf meine Kniescheibe, mehrmals, und dann hebt er sie hoch zu mir. Ich brauche ein paar Sekunden, bis ich verstehe, dass er einschlagen will, und noch ein paar, bis ich verstehe, warum.

Scheiße, mir ging gerade so die Pumpe, sagt er, und seine Hand schwebt leer in der Luft dabei. Als ich nicht reagiere, ruft er, hey, was ist denn, und zerrt so an meinem linken Fuß, dass ich abspringen muss vom Bagger, beim Aufkommem ein Gefühl wie Zahnschmerzen, bloß in den Füßen. Ich kann gar nichts sagen in diesem Moment, da ist noch der Schwindel, da ist noch der fallende Hund auf meiner inneren Leinwand, und darum sage ich nur, was mir unumstößlich scheint, denn zu mehr bin ich nicht in der Lage, ich sage: Da war jemand Totes im See. Ja, schon krass, sagt Noah betroffen, und es erschreckt mich, wie heiter er dabei ist und wie schlecht er das verstecken kann, wo er doch Schauspieler ist.

Ich weiß gar nicht, wohin mit mir; ich stehe neben ihm, die Sneakers voller Steinchen, und schon in diesem Druckschmerz steckt das Sterben gerade, wie in allem um uns. Das Ende ist so überwältigend anwesend, so präsent in jedem Gegenstand, und währenddessen tritt Noah neben mir vor Freude gegen die Baggerschaufel. Ich hatte richtig Panik, Alter, sagt er, dabei lacht er ganz befreit; das Geräusch macht den Schwindel noch schlimmer. Aber ich habe einfach immer Glück, ruft er, während er die Düne hinunterklettert, ist dir klar, was ich wieder für ein Glück hatte? Ja, sage ich, aber nur für mich und ohne Ton.

Ich schaue Noah dabei zu, wie er durch den Sand kraxelt, ich schaue ihm zu wie einem völlig Fremden. Ich muss an Mugo denken und dass sie mal gesagt hat, Noah lebt in einem Karussell, direkt in der Mitte, und er glaubt, alle drehen sich um ihn, aber eigentlich macht allen bloß das Fahren so viel Spaß. Ich denke auch an den Speer, diesen verfluchten Speer irgendwo in diesem See und dass es doch viel entsetzlichere Geschichten gibt. Ich betrachte Noahs Rücken von hinten, und plötzlich ist da die Idee, dass ihm solche Gedanken nicht kommen, nicht jetzt oder irgendwann sonst, aber vielleicht liege ich damit falsch, vielleicht passiert das alles in ihm drin, und er ist völlig wasserdicht nach außen.

Ich gehe los, ich folge Noahs Fußspuren durch den heißen Sand, wir sind die kleinste Karawane der Welt. Noah schlägt mir auf den Rücken, als ich neben ihm bin, und weil er ja nicht blöd ist, dreht er mich an der Schulter zu sich und lässt die Hand dort liegen, ganz warm und bestimmt, und sagt: Komm schon, Martin, komm klar. Sterben immer Leute, jeden Tag, und dabei sieht er so freundlich aus und ehrlich erleichtert, dass man fast vergessen könnte, um was es hier geht. Ich sage, aber nicht in einem Badesee. Aber schau, wie schön das hier ist, ich meine, es gibt schlimmere Orte zum ... Halt den Mund, sage ich und schüttle seine Hand ab im Weitergehen. Ich sage nicht, denk an die Tiefe, denk an das Wasser im Mund, an die Enge, das Zittern in den Lungenflügeln, das letzte, verzweifelte Ringen, in dem alles zusammenläuft, ich sage bloß noch: Du kannst ein richtiger Wichser sein, manchmal.

Noah holt auf und passt sich meinen Füßen an, wir laufen im Gleichschritt zurück zum Auto. Zuerst ist da Stille zwischen uns, aber dann fängt Noah wieder an und redet und hört nicht auf und spricht von München und dem Transporter und seiner Agentin, und immer wieder sagt er, die hätten den finden können, die hätten den zufällig ..., und währenddessen kommen wir an der Lehmkuhle vorbei, ein paar Meter hinter dem Ufer, in der immer ein bisschen Wasser steht. Früher haben wir aus dem Lehm hier Schalen geformt und kleine Kugeln, und wenn man geduldig war und es viel Sonne gab, dann waren sie getrocknet zwei Tage später. Das waren auch wir, Noah und ich, nur in viel jünger, aber gerade fühlt es sich an wie aus einem anderen Universum, eine extraterrestrische Erinnerung, sozusagen. Wenn ich Noah jetzt ansehe, weiß ich gar nicht mehr, wer er ist, eigentlich.

Kommst du Freitag zum Grillen?, fragt Noah. Bei uns zu Hause, ganz gemütlich. Wenn ich bei Noah bin, ist es nie ganz gemütlich, weil die Entspannung auf allem liegt wie ein Skript, dem alle folgen und dabei aussehen wie in einem Möbelprospekt. Noahs Eltern sind Leute, die sagen, sie gehen joggen, um den Kopf frei zu kriegen, und wenn sie eine Tasse Tee trinken, dann, um die Seele baumeln zu lassen. Das mag ich nicht, sowas. Bei mir geht das auch nicht so schnell, obwohl ich viel mehr Zeit habe, um mich auszuruhen. Meistens liege ich dann da und bin ein Brett, und mein Körper passt sich daran an; wenn es um mich ruhig ist, liege ich ganz starr und denke an die Dinge, die mir Angst machen, und das hält mich vom Lockerlassen ab und oft auch vom Schlafen.

Deine Eltern kommen auch, sagt Noah, und Josef und seine Eltern und … Weiß schon, sage ich, und da ist das Klappern von Besteck in meinen Ohren und das Geräusch von rutschenden Rattanmöbeln auf Terrassenfliesen. Es ist so gut, wieder hier zu sein, sagt Noah. Er muss nur ein paar Meter gehen und hat alles vergessen, was hinter ihm passiert. Weißt du, München und der ganze Stress in letzter Zeit, das ist wichtig, da mal rauszukommen, sagt er, auch mal rausfinden, was ich wirklich will, hier kann ich einfach ich selbst sein, verstehst du?

Ich frage mich, wie man so fühlen kann, wie das geht, an diesem Ort. Er sagt, wenn ich dann bei uns im Garten sitz, und es riecht nach Gras, und meine Mutter macht diesen Salat mit Wassermelone, den mit roten Zwiebeln, und dann bist du auch da, und wir trinken ein Bier, weißt du, dann bin ich richtig glücklich. Okay, sage ich. Komm schon, sagt er, das wird entspannt.

Das ist nicht, wie ich mir einen entspannten Abend vorstelle, doch ich versuche, das sorgfältig wegzupacken, so wie den Tod eben in seiner ganzen Allgegenwart, und darum sage ich: Klar komm ich. Aber dabei kriege ich einen Druck auf meinen Atemwegen, dass es sich anfühlt, wie ich mir das Ertrinken vorstelle.

6

Mein Vater ist heute zu Hause, es ist Freitag. Die Idee war eigentlich, dass er einen freien Tag mehr hat in der Woche, damit er da etwas tut, was ihm Spaß macht, und sich schon mal an die Rente und die Freizeit gewöhnt. Aber als es so weit war, fiel ihm auf, dass er nichts außer die Schule liebt, und darum verbringt er die freien Tage trotzdem vor einem Stapel Klassenarbeiten oder druckt Folien für den Overheadprojektor. Meine Mutter kann das nicht verstehen; geh doch mal raus, sagt sie, mach doch mal was im Garten, aber bei ihr ist das etwas anderes. Meine Mutter arbeitet, weil man halt wohin muss tagsüber und weil das Gehalt meines Vaters allein nicht reicht für zweimal im Jahr Lanzarote und einkaufen an der Käsetheke.

Die Sparkasse hier ist in einem Bürogebäude direkt am Eingang der Stadt untergebracht, und seit der Renovierung vor vier Jahren sind die Fenster von außen mit Folie beklebt, die eine PC-Tastatur abbildet. Das Büro meiner Mutter ist im Erdgeschoss rechts, hinter der Taste mit dem Komma und dem Semikolon. Das ist nicht sehr gut, denn das Glas ist überall milchig, außer beim Zeichen selbst, und daher ist es besser, im Büro hinter der Shift-Taste oder der Raute zu sitzen, da kann man wenigstens rausschauen.

Meine Mutter muss immer mit ihrem Stuhl ein wenig zurückrollern und sich runterbeugen, um durch das Komma nach draußen zu lugen, und darum kann ich gut verstehen, dass sie an freien Tagen gern in den Garten geht. Mein Vater aber liebt seine Arbeit, er stürzt sich auf seine Hefte wie ein Krümelmonster für Papier; Mugo hat immer gesagt, wenn alle wären wie er, dann wäre die Welt ein perfekt funktionierender Bienenstock.

Nach dem Frühstück macht mein Vater die Küche sauber und summt dabei zum Radio, voller Vorfreude auf seinen Schreibtisch. Er wäscht wahnsinnig gern ab, obwohl wir eine Spülmaschine haben, er sagt, das sei beruhigend wie ein Segeltrip. Früher habe ich neben ihm auf der Arbeitsplatte gesessen und das Geschirr abgetrocknet, und dabei habe ich ihm zugesehen, wie er seine Stirn an den Hängeschrank über der Spüle lehnt. Jetzt fällt mir das alles wieder ein, und ich will zu ihm hingehen und eine Hand auf seine knöcherne Schulter legen und dann mit ihm wegfahren, irgendwohin, wo es mehr Wasser gibt als hier. Mein Vater kann eigentlich nicht wissen, wie beruhigend ein Segeltrip ist, denn er war noch nie auf einem Segelboot, er hat es nie gelernt, und trotzdem denkt er jedes Mal daran, wenn er Spülwasser einlässt. Manchmal glaube ich, meine Eltern leben im kleinsten Haus, im kleinsten Ort, im kleinsten Universum überhaupt.

Ich lehne an der Arbeitsplatte, die Finger um das Laminat, es ist alles so gedrungen hier, die Stirn meines Vaters so runzlig und erschöpft. Damals musste er mich noch auf die Platte heben, und jetzt kann ich diese runde, glänzende Lichtung auf seinem Hinterkopf sehen, wenn ich neben ihm stehe. Ich frage, soll ich dir helfen, Papa?, aber er winkt ab mit einer Hand voller Schaum und schmunzelt und sagt, ich mach das doch gern. Früher hätte mich das wütend gemacht, dieses Weiterdrehen, wie ein Zahnrädchen, niemals wo anstoßen. Kann man irgendwie deutscher sein?, hat mich Mugo mal gefragt und die Antwort darauf gleich mitgemeint. Jetzt stehe ich hier, das beschwingte Summen in der Luft mischt sich mit den Radiowellen, und ich erinnere mich an Mugos Mutter, die nie, niemals einen Tag frei hatte, sogar am Wochenende hat sie zu Hause genäht, und wie sie abends am Küchentisch saß, um ihre wunden Finger einzucremen.

Wie ich so den Hinterkopf meines Vaters anschaue, die gebückte Haltung, den gekrümmten Rücken, da frage ich mich, was ich mir wünschen soll für ihn. Solange er funktioniert, überlege ich und merke dabei, dass das ein sehr grundsätzlicher Gedanke ist, so lange ist er noch nicht kaputt. Ich frage mich, wie er das macht, das ist so weit weg von mir, aber das erste Mal ist da fast etwas wie Bewunderung, denn so lange muss man erst mal durchhalten, ohne zu verzweifeln. Sollte ich ihm das Gegenteil wünschen?

Mugo würde sagen, aber er ist doch längst kaputt, schau mal, er hängt an der Arbeit wie an einem Tropf; Mugo würde auch sagen, dass es da nichts zu bewundern gibt, dass Leute wie mein Vater der Grund sind, warum ihre Mutter sich die Hände wund arbeitet, indirekt, aber schon irgendwie, doch Mugo ist jetzt nicht hier. Ich habe nichts von dem vergessen, was sie gesagt hat. Dass sich die wehren müssen, die es können, die Zeit übrig haben und Kraft, aber es fühlt sich gerade so an, als sei das nur eine Fläche auf einem Himmel-und-Hölle-Spiel, eine Fläche von ganz vielen. Das Problem ist ja: Es wird alles immer komplizierter, je länger man drüber nachdenkt.

Draußen hängt der Himmel tief. Es ist plötzlich viel weniger Platz auf der Erde, weil nach oben so schnell Schluss ist. Alles ist grau, es weht ein schwacher Wind, und die Schwalben schießen durch die Häuserreihen wie Pfeile. So möchte ich auch sein: völlig furchtlos und unaufhaltbar in eine Richtung zielen, aber nie damit scheitern und an einer Hauswand zerbersten, zum Beispiel. Ich hoffe sehr, dass es bald ein Gewitter gibt oder wenigstens einen unerbittlichen Regen; ich mag Wetterextreme, weil sich die Menschen dazu irgendwie verhalten müssen. Ich mag auch Hitzefrei und Eingeschneitsein und wenn Partyzelte von Orkanböen entwurzelt werden. Das Wissen, dass es immer noch etwas Mächtigeres gibt als Menschen, beruhigt mich, und wenn Gott keine Option ist, bleibt nur das Wetter.

»Wäsche: aufhängen (bei Regen im WZ)« hat meine Mutter auf einen Zettel geschrieben, der jetzt am Kühlschrank klebt. Ich gehe also in den Keller, klaube das nasse Knäuel aus der Trommel in einen Korb und hänge die Sachen oben auf. Immer, wenn ich so etwas mache, merke ich, dass ich eine sehr durchschnittliche Person bin. Ich meine, jeder könnte sich vorstellen, wie ich aussehe, wenn ich Wäsche aufhänge, aber genau deswegen macht es auch niemand. Das Interessante ist das Unvorstellbare, das Unerhörte, Joe Cocker beim Wäscheaufhängen oder Thomas

Gottschalk, wie er bäuchlings auf seiner Matratze liegt, um das Spannbettlaken über die Ecken zu stülpen. Auch die Vorstellung, dass jeder einmal ein Kind war, dass jeder einmal Eltern hatte, die vielleicht geweint haben bei der Geburt vor Rührung, jeder Soldat, jeder Präsident, jeder Hausmeister – das gibt mir so ein ganz vages Gefühl für die Widersprüche, für all die doppelten Böden unter uns und die Gewissheit, dass alles irgendwie zusammenhängt auf eine Weise, die ich mir nicht so richtig erklären kann.

Ich geh mal raus, sage ich zu meinem Vater, der gerade die Oberflächen in der Küche abwischt, sorgfältig und langsam. Hast du eigentlich diese Mugo noch mal getroffen?, fragt er, denn das kann er gut: ignorieren, wenn das Gespräch eigentlich vorbei ist. Ja, ich meine, schon, sage ich; bei ihrem Namen pocht mein Herz so stark, dass mir nichts anderes einfällt. Die arbeitet an der Tanke, vorn am Ortseingang. Ja, sage ich, weiß ich. Mein Vater lächelt und greift zu einem Handtuch. Erinnerst du dich, was die dir damals alles in den Kopf gesetzt hat? Die ganzen großen Pläne, hat uns richtig Angst eingejagt. Aber, na ja, siehst du ja: große Töne spucken, und dann ... Ich muss los, sage ich und greife nach einem Pulli an der Garderobe. Dass ich das nicht hören will, sage ich nicht.

Der Pulli ist gut, denn der Wind schlüpft mir unters T-Shirt und macht es ungemütlich dort. Er ist ein bisschen zu klein, erst kriege ich meinen Kopf nicht durch die Öffnung, also bleibe ich kurz so stehen, die Arme in den Ärmeln wie in einem Pranger, und stelle mir vor, dass das hier ein Zelt ist, ein Zelt mit dunkelroten Wänden, auf die nachts der Regen prasselt. Guck mal, hat Mugo früher immer gesagt, und dann ist sie in meinem Sweatshirt verschwunden, guck mal hier rein. Wenn ich dann in meinen Halsausschnitt geschaut habe, dann konnte ich ihr kleines Gesicht sehen, ganz dicht an meiner Haut, und sie hat gesagt, komm rein, ist wie Camping, und manchmal habe ich das dann gemacht.

Das waren die ruhigen Momente, und davon gab es welche, aber noch viel öfter ist sie herumzirkuliert, wirbelig und überhaupt nicht greifbar. Sie war dann wie gejagt und wusste nicht wovon, sie war wütend und wusste den Grund nicht, und manchmal war der Grund auch ganz und gar lächerlich und brachte sie trotzdem so ins Schwanken.

Ich weiß noch, als wir einmal auf der Wiese vor dem Sportplatz saßen, und da kam ein Hund angelaufen, weil der Stock, den er wollte, genau zwischen uns gelandet war, und Mugo nahm den Stock und warf ihn dem Hund direkt in sein eifriges Hundegesicht, einfach ungebremst mitten rein, und der Hund hat gejault und sich getrollt, und ich hab sie angefahren, was das soll, spinnst du, habe ich gesagt, was machst du denn? Hab falsch gezielt, hat sie gesagt und mich angeblitzt dabei aus den Winkeln ihrer Augen. Du lügst, habe ich gesagt, denn da wusste ich längst, dass Mugo nie falsch zielt. Hunde sind wie Nazis, hat Mugo geantwortet, immer bei Fuß und so einen Scheiß hier apportieren, Hauptsache, dem Führer gefällts. Ernsthaft?, habe ich gefragt. Was will der denn mit diesem vertrockneten Stock?, hat sie bockig erwidert und ein paar Grashalme zwischen ihren Knien abgerissen, Hunde sind so dumm, ich hasse Hunde. Die erinnern mich an Menschen.

Mugo mochte Tiere nie. Als sie sechzehn war, hat sie das Meerschwein ihrer Schwester mit dem Schnitzelklopfer erschlagen, als es plötzlich ständig epileptische Anfälle hatte. Das vergess ich nicht, wie sie gesagt hat: Einschläfern kostet fünfundzwanzig Euro beim Tierarzt, das ist ein halber Eintritt fürs Phantasialand, das sparen wir auf jeden Fall.

Ich stehe immer noch knapp vor der Haustür. Wenn es früher gehagelt hat, hat meine Mutter gerufen, sammelt Körner, für die Versicherung!, und ich musste raus auf den kleinen Weg. Die Körner lagerten in beschrifteten Beuteln im Eisfach, bis wir sicher sein konnten, dass es keine Blechschäden gab. Oben kann ich meinen Vater am Schreibtisch sitzen sehen, er hat Licht an, obwohl es erst Vormittag ist. Ich beschließe, zu Mugo zu gehen, obwohl, eigentlich beschließe ich es nicht, sondern ich gehe einfach los, und dann ist es zufällig genau ihre Richtung. Aber dann denke ich an die Strecke und dass es bestimmt bald regnet, und darum kehre ich noch mal um und hole ein altes Fahrrad aus dem Schuppen. Ein altes Fahrrad heißt hier nicht, was man sich in der Stadt darunter vorstellt, kein Rennrad mit Ledersattel, sondern ein Alurad vom Discounter aus einer Sonderaktion, mit tiefem Einstieg und Nabendynamo, und hinten ist ein riesiger, feinmaschiger Korb drauf, aber alles ist noch so neu, dass es auf keinen Fall schon wieder cool ist.

Mit dem Rad zu Mugo zu fahren ist, als würde man in ein anderes Land fahren. Es ist ja ein anderes Land, hätte

Mugo jetzt gesagt, und sie hat recht damit, es fühlt sich jedes Mal nach einer Reise an. Erst kommt der Bauernhof und dann der Edeka, und dann kommt eine Weile nichts, aber dann kommt die rote Brücke, darunter eine Schnellstraße, und hinter der Brücke ist es lauter, mit mehr Abgasen und mehr Spuren, wir sind näher an der Stadt, die Häuser sind höher und noch viel hässlicher, das Gras wird weniger, die Garagen mehr, und abends flackern hier überall die Fernseher hinter den Gardinen.

Mugos Haus liegt direkt hinter dem Burger King an der Kreuzung, an manchen Tagen kann man das Frittierfett auf dem Balkon riechen. Die meisten Häuser sind grau vom Dreck, aber ihres ist zur Hälfte gelb, zur Hälfte orange gestrichen. Toll, oder?, hat sie gesagt, als ich das erste Mal zu Besuch kam. Richtig sonnig haben wir es hier, und danach hat sie eine Bierflasche an der Hauswand zerschlagen. Jetzt ist der Hof unten leer, die Mülltonnen stehen offen und ausgeweidet in ihren Ställen, einzelne Plastikfetzen sind zwischen die Speichen der Fahrräder geweht.

Allein ist man hier trotzdem nicht, denn wenn man hochschaut, sind da offene Küchenfenster bis in den Himmel und kleine Balkone mit verblichenen Markisen; in einer Wohnung weint ein Kind und hört nicht mehr auf damit. Ich setze mich auf die Steintreppe unter die Briefkästen, die heute schon jemand mit reichlich Werbung gefüttert hat. Wien, denke ich, sie war ja in Wien. Das Zurückkommen muss sie getroffen haben, stumpf und hart.

Ein alter Mann öffnet die Haustür von innen, er schreckt zurück, als er mich davor sitzen sieht, und als ich mich an ihm vorbeidrücke, bleibt er noch ein paar Sekunden stehen und schüttelt seinen runden, greisen Kopf. Ich laufe die Treppe hoch, immer zwei Stufen auf einmal, vorwärts, immer weiter, bis meine Lunge wehtut. Im sechsten Stock nehme ich den Aufzug und drücke die elf, eine Zahl wie eine leuchtende Verheißung.

Als ich oben stehe, im letzten, im höchsten Stock, da denke ich das erste Mal darüber nach, was ich hier tue. Warum ich hierher gefahren bin, einfach so, wie früher, obwohl ich nicht eingeladen bin und sie mich weggeschickt hat, letztes Mal an der Tanke, und kurz überfällt mich eine große, fürchterliche Panik und bringt mich ins Straucheln; ich denke, ich kann nicht, aber da habe ich schon den Klingelknopf gedrückt, aus Gewohnheit, aus Versehen. Ruhig, sage ich zu mir selbst, wie zu einem Pferd, wenn man es auf die Flanke klopft. Ruhig, bestimmt ist sie gar nicht ..., aber natürlich ist sie da, sie reißt die Tür auf mit heftigem Schwung, sie schaut mich an, erst kurz, dann richtig, und ich erwarte ein riesiges Feuerwerk, aber nichts passiert, und nichts ist zu hören außer einem Seufzer aus ihrem Mund. Ach, Martin, sagt sie, und es klingt fast nach einem Lächeln, aber da ist keins.

Darf ich rein?, frage ich. Sie sagt, okay, aber dabei geht sie so widerwillig aus dem Türrahmen, dass ich gern zurück in den Aufzug gesprungen wäre, sofort, und weg hier, nur weg hier. Es ist wieder dasselbe: Ich stelle mir etwas vor, und immer ist es dann anders. Drinnen ist es halbdunkel, Lamellen verdecken die Fenster von außen und klappern im Wind. Erst riecht es nach Waschmittel aus dem Badezimmer, weiter hinten nach Erdnussflips. Mugos Zimmer ist gleich rechts, die Tür steht offen, und im Vorbeigehen kann ich sehen, dass der ganze Raum voller offener Kisten steht; neben dem Bett liegt ein aufgeklappter Koffer, die Kleidung ist drum herum verteilt. Komm, wir gehen raus, sagt Mugo schnell, als sie sieht, dass ich im Flur stehen bleibe. Teilst du das Zimmer noch mit deiner Schwester? Ja, sagt sie, aber die hat jetzt einen Freund. Und außerdem ist es ja eh nur für ein paar Wochen. Ah, sage ich. Willst du was trinken? Ich hab aber nur Sprite und Bier. Gern eine Sprite, sage ich und trete schon mal auf den Balkon. Von hier aus kann man alles sehen, was ich gerade durchquert habe, bloß in viel kleiner, als wäre alles unter uns Spielzeug. Das macht es eben so tragisch: dass man von hier oben sieht, dass ja doch alles zusammengehört und dass es ein Land ist, eine Stadt, dass man von hier den Edeka sehen kann und sogar den Bauernhof.

Kannst dir ruhig Platz machen, sagt Mugo und tritt aus der Wohnung. Auf dem rechten Stuhl steht ein Sixpack Wasserflaschen, an der Wand daneben lehnt ein Sack Blumenerde. In die Balkonkästen sind vier Geranienpflanzen noch mit den Plastiktöpfen hineingestellt worden. Ich hieve die Wasserflaschen in ihrer Ummantelung vom Stuhl, das macht ein Geräusch, wie wenn man auf Grillkäse kaut. Die Tischdecke ist beschichtet und fleckig, und ich erinnere mich in diesem Moment, wie Mugo mal gesagt hat: Armut, das ist nicht, dass du weniger von etwas hast; das ist einfach ein ganz eigener Aggregatzustand.

Mugo setzt sich links, ich setze mich rechts, Mugo

macht sich ein Bier auf und reicht mir ein Glas. Dann versucht sie, sich eine Kippe anzuzünden, aber der Wind ist so stark, dass sie zweimal neu ansetzen muss, und dann sind da Haare in ihrem Gesicht, an ihren Lippen, und sie schnalzt und hantiert mit dem Feuerzeug herum, und dabei ist sie immer noch die schönste Frau auf der Welt. Ich muss mich ablenken davon und schaue auf mein Glas, bis ihre Zigarette brennt. Wir schweigen kurz, und ich denke, früher hätte ich ihr gesagt, dass die Kohlensäure in der Sprite aussieht wie Schnee, bloß andersrum, und sie hätte vermutlich geantwortet, dass ich ein Schriftsteller bin, ein echter, ein richtiger Schriftsteller. Jetzt schweigen wir, und das ist der Beweis, wie lange alles her ist.

Warum bist du hier?, fragt Mugo, nachdem sie den ersten Schluck Bier getrunken hat. Weiß nicht, sage ich, und das ist nur die Wahrheit. Vermutlich wollte ich einfach mal hallo sagen. Hast du doch schon am Samstag, sagt sie. Ich sage, stimmt, und dann: Ich dachte, wir könnten wo hinfahren. Mugo stellt ihr Bier ab und streckt die nackten Beine nach vorn. Oben sind ein paar helle Härchen, die abstehen, wenn ihr kalt ist, und unten sind die passenden Stoppeln in ein bisschen dunkler; ich versuche, nicht zu lange hinzusehen, aber es ist schwer.

Sie sagt: Regnet doch gleich. Eh nicht, sage ich, das ist immer so, den ganzen Tag Gegrummel und dann passiert doch nichts. Keine Lust, darauf zu warten. Ich weiß, dass ihr das gefällt, dieses Trotzen gegen Gewalten, und wenn es nur ein Gewitter ist. Ich habe recht; sie schwingt sich hoch und verschwindet in der Wohnung. Aber ich entscheide, wohin, ruft sie von drinnen, und ich rufe zurück, klar, weil das die einzig mögliche Antwort ist.

Ich trinke mein Spriteglas aus und lasse es stehen, und als ich das Wohnzimmer betrete, kramt sie gerade in der Küche herum. Dort hat sie mal versucht, mir zu erklären, was anders ist bei ihr. Als sie klein war und ihre Mutter eine Nierenkolik hatte und ins Krankenhaus musste für ein paar Tage, da war sie mit ihrer Schwester hier allein. Und weil die Mutter nichts vorbereitet hatte, kein Geld, keine gefüllten Tupperdosen im Kühlschrank, haben sie am zweiten Tag ihre Jonglierbälle aufgeschnitten und den Reis daraus gekocht.

Der Wind bewegt die Vorhänge, ich schließe die Tür und drehe mich wieder um. Der Raum ist ganz klein. Ein Fernseher, ein Beistelltisch mit Glasplatte und zwei Sofas, eins unterm Fenster, eins an der hinteren Wand. Das hintere ist egal, das hintere ist einfach nur irgendein Cordsofa, aber das vordere ist so viel mehr, und ich muss die Lehne mit den Fingern berühren, dunkelgrünes kühles Leder, und sage zu Mugo: Schau mal, weißt du noch?

Mugo kommt aus der Küche und sagt erst nichts, schweigt und atmet, sieht das Ledersofa an, aber dann kommt wieder ein Funkeln über ihre Augen, und dazu rutschen ihre Mundwinkel nach oben, ein echtes Hochrutschen, nur für mich, vielleicht das erste Mal. Und dann ist das Funkeln auch bei mir, auf meinem Gesicht, ich spüre das, und es fühlt sich an wie eine Reflexion, wie ein Spiegelbild von ihr. Ich muss anfangen zu lachen, ich weiß nicht, ob das falsch ist oder zu früh, aber sie hier zu sehen, wieder in dieser winzigen Wohnung, das macht mich auf absurde Art so glücklich, ich möchte mich auf den Rücken werfen wie ein Käfer und mit meinen sechs Beinen wackeln.

Hier ist etwas passiert, vor vier oder fünf Jahren, genau in diesem Zimmer, auf dieser Couch, das könnte man als Kuss beschreiben, der erste überhaupt, und es wäre nicht falsch, aber es wäre eben auch ganz und gar unzureichend, weil es sich nach viel mehr angefühlt hat. Es hat sich größer angefühlt, nach Bedeutung und Kollision, wie wenn die Titanic in einen Eisberg fährt oder wie ein sehr, sehr guter Handschlag, der zufällig das perfekte Geräusch macht, genau so, bloß mit den Mündern und den Zungen und den Nasen und allem drum herum.

Ich habe sechs Frauen geküsst in der Zeit ohne Mugo, aber rückblickend ist es, als hätte ich mit ihnen etwas völlig anderes gemacht, wirklich – als hätten wir Backgammon gespielt oder Mühle, etwas mit Brettern und Würfeln. Von außen hat es sicher gleich ausgesehen, aber innen war es ein riesiger Unterschied. Ich bin mir sicher, mich genau zu erinnern, mich ganz genau zu erinnern an jede Ecke ihres Mundes, aber das ist eine Lüge vor mir selbst, vermutlich. Das ist wie manchmal, wenn man lange nicht am Meer war: Der Geruch ist so tief und so moosig und so gut, dass man sich nicht vorstellen kann, ihn jemals zu vergessen, und doch ist man jedes Mal erschrocken, wie neu es riecht, wenn man aus dem Auto steigt.

Mugo sagt, klar, weiß ich noch, super filmig, und dann geht sie weiter Richtung Tür. So macht sie das mit den Momenten, die zu viel Bedeutung in sich tragen, sie wischt das einfach weg, sie gibt da einen Scheiß drauf; Nostalgie, das ist nichts für sie, war es nie. Ich folge ihr, ohne mich umzudrehen, denn jetzt ist es mir fast peinlich, wie viel ich gefühlt habe aufgrund eines Sofas, ich meine: Es ist einfach nur ein Möbelstück, es steht stumm und tot da und federt Menschen ab, mehr nicht.

Mugo nimmt einen Rucksack, sie nimmt den Schlüssel vom Haken, sie sagt zu mir, zuziehen, dann ist sie schon im Hausflur. Ich verlasse die Wohnung, zögernd und lautlos, ich ziehe die Tür ganz behutsam zu, und währenddessen höre ich schon ihre Füße im Treppenhaus, höre sie springen auf den Stufen nach unten, höre sie die ganzen elf Stockwerke, sie läuft schnell und mit Nachdruck, sie wird niemals langsamer, und auf den letzten Etagen klingen ihre Schritte wie ein dumpfer Donner, wie er heute schon den ganzen Tag in der Luft liegt. Ich hole den Aufzug mit dem Knopf und drücke die Null.

Unten hat sie schon ihren Roller angeworfen, Helm auf, und reicht mir den Rucksack. Klar, sage ich, aber das hört sie nicht vor lauter Motor. Sie sieht mir bloß zu, wie ich den Rucksack schultere, sie winkt ungeduldig, sie ruft, komm drauf, und ich habe kaum Zeit, mich hinter sie zu setzen, kaum Zeit, mich festzuhalten an ihr, da gibt sie schon Gas, und wir fahren Richtung Kreuzung, vorbei an den Wäschestangen und den Garagen, ungebremst mitten auf die Straße. Die Häuser ziehen vorbei, die Brücke, der bröckelige Asphalt unter uns. Der Roller ruckelt, als sie an der Ampel hält, und noch mehr, als sie wieder losfährt, und darum kann ich nicht anders, als mich an ihr festzuhalten, selbst wenn ich es nicht wollte. Durch ihr T-Shirt kann ich ein paar Zacken ihrer Wirbelsäule sehen, und ich würde gern mein Ohr auf ihren Körper legen, an irgendeine Stelle, und in sie hineinhorchen. Wenn es still ist, dann klingen Körper innen wie Schiffsbäuche, dieses Raunen, dieses Gurgeln, und ich habe das schon mal zu ihr gesagt, früher: Weißt du, Jona, der aus der Bibel, der drei Tage von einem Walfisch verschluckt war – das muss sich schön anfühlen, in jemandem drin zu sein, weil näher geht es ja nicht. Mugo hat zwar gesagt damals, dass sie einen Scheiß auf die Bibel gibt, aber dann hat sie doch so ausgesehen, als wüsste sie, was ich meine, und ich bin sicher, dass sie es verstanden hat, eigentlich.

Es windet. Zur Hälfte ist es das Wetter, zur Hälfte die Geschwindigkeit. Ich halte mein Gesicht in den Luftzug und mache die Augen zu. Neben uns ist ein bisschen Landschaft, aber bald kommen wieder Häuser und drängeln sich an die Straße; es wird voller, es gibt Menschen neben der Fahrbahn, die Tüten tragen und sich auf den Bürgersteigen gegenseitig mit den Ellbogen berühren im Vorbeigehen. Mugo schlängelt sich zwischen den wartenden Autos durch, und als einer etwas durch das Fenster schreit, zeigt sie ihm den Mittelfinger, ohne sich umzudrehen. Ich klammere mich an sie und bin voller Respekt dafür, ohne zu wissen, warum eigentlich.

Ich weiß längst, wo wir hinfahren. Das hier ist keine richtige Stadt, aber das, was dem am nächsten kommt. Der Bahnhof ist klein, doch mit allem, was man braucht, mit zwei Rolltreppen und elektronischen Anzeigetafeln und

Snackautomaten. Wir wollen nicht zu den Bahnsteigen, wir wollen ja nirgends hin. Ist das nicht absurd?, hat Mugo gefragt, als wir früher hierhergekommen sind, wir sind die einzigen Menschen, für die der Bahnhof das Ziel ist.

Man muss von hinten ranfahren, da gibt es einen Zaun, und der ist irgendwann zu Ende. Dahinter kann man zu den Schienen, und jedes Mal, wenn wir hier entlanggehen, fühlt es sich nach Gefahr an und nach Verboten, aber eigentlich ist alles viel weniger spektakulär. Da stehen ein paar Birken zwischen den Gleisbetten, und überall wachsen Disteln aus dem Schotter. Das erste Gleis ist verrostet und wird nicht mehr benutzt, aber so weit gehen wir gar nicht.

Das alte Bahnwärterhäuschen steht mit leeren Fenstern da, die Mauern sind bunt von Graffiti, und überall liegen Flaschen und Bauschutt. Als wir das erste Mal hier waren, kannte ich Mugo kaum, aber schon da habe ich meinen Puls im Rachen spüren können und überall, wenn sie mich angesehen hat. Auf dem Weg hierher wusste ich nicht, was passieren würde, und ich hatte Angst, dass ich gleich für irgendetwas Unsinniges mein unschuldiges, junges Leben riskieren muss, aber ich dachte: Egal, was jetzt kommt, ich mache das, ich mache es ohne zu denken und ganz schnell, es wird schon alles ... und als wir hier am Haus angelangt sind, war ich kurz sehr erleichtert, aber dann hat Mugo eine Spraydose aufgehoben und geschüttelt, schau mal, ist noch was drin, hat sie gesagt, und dann hat sie krumm und rot ACAB auf die Ziegelsteine gesprüht. Ich war sechzehn, und mein Herz hat so geziept plötzlich, wie bei einer inneren Blutung, denn ich dachte: Was muss das für ein Typ sein, dass sie seinen Namen hier auf Wände sprüht, warum hat sie mich dann mitgenommen? Und das ganze Treffen saß ich dort bleischwer und kraftlos und dachte, ich werde nie, nie wieder glücklich, weil Mugo jemand andern hat.

Diese erste Schrift ist weg, aber dafür ist ganz viel Neues da, und ich kann sehen, was von Mugo ist, weil sie irgendwie einen sehr eigenen Strich hat, und außerdem würde hier niemand sonst einfach eine Vulva auf ein Bahnwärterhäuschen sprayen. Es ist alles voll mit Erinnern, alles steht für etwas anderes, sodass jedes Bild zurückkommt in meinen Kopf. Ich weiß noch, als sie das erste Mal nackt war, also, das erste Mal vor mir; da hat sie mich angeschaut, ganz wach, ganz ernst, und gesagt: Martin, weißt du, wie eine Vulva aussieht? Das war ein neues Wort für mich zu dieser Zeit, aber ich wusste, was das ist, natürlich, und wie sowas aussieht, wusste ich auch ungefähr, und darum habe ich gesagt, klar, denke schon, aber sie hat mir nicht geglaubt aus irgendeinem Grund und sich hingelegt, flach auf den Rücken, und dabei die Beine gespreizt. Du musst dir das mal anschauen, hat sie gesagt, ich meine, das ist doch verrückt: Jedes Kind kann einen Schwanz malen.

Ich bin dann zwischen ihre Beine gerutscht, und dabei muss ich ganz schön fahrig gewesen sein, weil sie nämlich mit der Hand meinen Kopf festgehalten hat und gesagt, dass ich einfach nur mal schauen soll, mehr nicht, einfach in Ruhe ansehen, und in dem Moment ist mir so richtig bewusst geworden, dass es das erste Mal ist für mich, zumindest in echt. Wie sieht das aus für dich?, hat sie gefragt und dabei ihren Kopf angehoben. Weiß nicht, habe ich gesagt, wie eine Blume, eine Pfingstrose. Oder eine Grapefruit, wenn man sie halbiert, weißt du? Das ist so merkwürdig, hat Mugo gesagt, dass alle immer nach Vergleichen dafür suchen, nach Dingen, die danach aussehen. Bei Penissen ist es genau andersherum: Es muss nur etwas lang sein, eine Banane, eine Wurst, und schon denken alle an Schwänze. Ja, hab ich gesagt und mit den Fingern nachgefühlt. Und sie hat recht gehabt: Das hat sich kein bisschen wie eine Grapefruit angefühlt, sondern viel, viel besser.

Die Feuertreppe an der rechten Seite des Hauses steht immer noch, und die klettert Mugo jetzt nach oben, hoch bis aufs Dach, das ein Flachdach ist, weil in dieser Gegend alles ein bisschen hässlicher ist, als man es sich vorstellt. Das Gute ist aber, dass man auf dem Flachdach sitzen kann und auf den kleinen Bahnhofsvorplatz schauen und wie die Regiobahnen ein und aus fahren. Hier waren wir früher oft, Mugo mochte den Überblick und dass einen trotzdem niemand sieht. Hier ist es schöner als überall, hat sie gesagt. Ihr gefiel auch die Vorstellung, dass man von diesem Ort aus schnell woanders hinkönnte, weil der Bahnhof ja sozusagen ein Knoten ist. Sie war dann immer ganz aufgeregt, wir könnten einfach wegfahren, hat sie gesagt, wir könnten zum Beispiel in den da steigen und nie wieder zurückkommen, und dabei hat sie auf eine Mittelrheinbahn gezeigt, die sich Richtung Bahnhof schlängelte; sie hat gegen ein paar Scherben getreten und gesagt, diesen ganzen Dreck, den müssten wir nie wiedersehen.

Jetzt ist sie anders, ruhiger und gefasst, sie holt zwei

Bier aus dem Rucksack auf meinem Rücken und setzt sich auf eine lose Steinplatte. Hier oben ist der Wind noch stärker, und ständig bringen die Böen irgendwelche Pflanzenreste mit, die verfangen sich in den Haaren und pitschen auf der Haut. Bist du noch oft hier?, frage ich sie. Mugo schüttelt den Kopf. Nicht mehr, seit ich zurück bin. Früher war sie hier ständig, mit mir oder mit Rocco und den anderen Jungs, mit denen sie auch vor ihrem Block saß im Sommer und Shots aus kleinen, trüben Gläsern getrunken hat. Die meisten von ihnen trugen T-Shirts ohne Ärmel und stellten gern einen Fuß auf den Trittbrettern ihrer Roller ab. Früher habe ich oft herauszufinden versucht, wer von ihnen sie schon anfassen durfte, bis ich irgendwann dachte, es ist besser, es nicht zu wissen.

Erzählst du mir was von Wien?, frage ich, als ich mich neben sie setze, weil ich nichts weiß über diese Stadt und vor allem nichts über ihr Leben dort die letzten zwei Jahre. Gibt nicht viel zu erzählen, sagt sie, und dabei schaut sie auf den Platz und die Menschen, wie früher. Wusstest du, dass das erste Wiener Kaffeehaus mit Kaffee gegründet wurde, den die Türken nach einer Belagerung zurückgelassen hatten? Also, das war türkischer Kaffee, den die da ausgeschenkt haben, im sechzehnten oder siebzehnten oder achtzehnten Jahrhundert. Und heute ... musst du dir mal anschauen, wer da sitzt in so einem Kaffeehaus, da kannst du nicht reingehen. Das sind wirklich alles Wichser, sagt sie. Ich beobachte sie, heimlich von der Seite, sie schaut weiter nach vorn. Ich würde mich auch gern für Landschaften interessieren und Orte, aber das war immer schon ein

Problem von mir, denn wieso sollte ich mir eine Landschaft ansehen, wenn ich auch in ein Gesicht schauen kann?

Und was hast du gemacht in Wien?, frage ich, weil ich absolut keine Vorstellung habe, was jemand wie Mugo tut, wenn sie alles tun kann, theoretisch. Na, ich hab gearbeitet. Wo? In einem Markenoutlet in einer Einkaufspassage, sagt sie, und das ist so weit weg von allem, was sie sich ausgemalt hat, dass ich erst mal nicht weiß, was sagen. Und dann?, frage ich, weil ich denke, das kann doch nicht alles gewesen sein. Sie lacht und wirft mir auf eine Art einen Blick zu, dass ich merke, dass ich recht hatte damit, aber sie sagt zuerst bloß: Ja, und dann irgendwann nicht mehr.

Ich antworte nichts, sondern schaue sie nur weiter an, nicht mehr heimlich, sondern ganz absichtlich, bis es ihr irgendwann unangenehm ist, und sie sagt: Die haben mich erwischt. Was …?, rutscht es aus mir raus, aber ich brauche eigentlich gar nicht mehr nachhaken. Du hast geklaut, sage ich, Wahnsinn. Nur mal ab und zu einen Pulli, so wie hier? Und deswegen haben sie dich …?, frage ich, und sie blickt mich an, mitleidig fast, und sagt, nee, schon mehr, schon auch bisschen mit System und alles. Was hast du denn gemacht mit dem Zeug? Verkauft, antwortet sie, ist doch klar, sag mal, bist du irgendwie blöd? Nein, ich …, und ich werde sofort verlegen, warum hast du das denn gemacht? Wien ist sauteuer, sagt sie, also, richtig teuer, unfassbar. Und es tut ja auch niemandem weh. Das ist so ein riesiger Laden, und wenn ich da am Tag fünf, sechs Teile … Wow, sage ich, wow, aber ich fange mich schnell, ich will nicht naiv sein, nicht noch mehr.

Dann frage ich: Und was ist dann passiert? Mugo schaut zu Boden und presst die Arme an ihren Körper. Die haben den Entsicherer gefunden in meiner Tasche, und eben auch die Beute von dem Tag. Und dann haben sie auch gemerkt, warum das mit der Inventur nie aufgegangen ist die letzten Monate, und da waren sie erst mal ziemlich sauer. Und dann? Dann haben sie mich rausgeworfen und mich angezeigt. Ja, sage ich nach einer Pause, ich meine, das klingt schon nachvollziehbar. Richtig mit Gericht und so? Ja, richtig mit Gericht, sagt sie. Und jetzt muss ich diese Tagessätze zahlen, und das ist einfach so verschissen viel Geld, so verdammt viel.

Sie schaut nach vorn, und dabei blinzelt sie ganz schnell, wie Flügelschlagen, wie ein Kolibri. Sie stellt das Bier ab und verkeilt die Hände ineinander, ganz fest, und kurz wirkt sie so klein, so verloren auf diesem Dach bei Sturm, ihr ganzes Leben ein Scheitern, aber dann schlägt sie sich selbst auf die Schenkel, dass es klatscht, und dieses Geräusch ist das Zeichen, dass es weitergeht, dass es einfach immer weitergeht.

Ich konnte jedenfalls mein Zimmer nicht mehr zahlen und auch kein Bier mehr und Essen und solche Sachen, weil ich ja schnell das Geld brauchte, und darum dachte ich, es ist das Beste, wenn ich fürs Erste hierher komm und arbeite, weil das Wohnen ist ja umsonst, und es ist immer was im Kühlschrank. Und wie lange bleibst du noch?, frage ich sie, weil ich nur denken kann: so eine entsetzliche Niederlage, weil sie doch nie zurückkommen wollte, und jetzt ist sie sicher unglücklich.

Mugo streckt den Rücken durch. Sie hat mal gesagt, das ist das beste Gefühl der Welt, und wenn sie könnte, würde sie ihre Wirbelsäule aus dem Rücken nehmen und einmal ganz durchknacken. Sie sagt: Ein paar Wochen noch. Bin ja auch schon ein bisschen hier. Und dann?, frage ich, weil ich mir nicht vorstellen kann, was man macht aus so einer Situation. Und dann?, wiederholt sie und lacht, aber es klingt, als wollte es nicht richtig raus aus ihrem Hals, dann geh ich noch weiter weg, und dann komme ich wirklich nicht zurück. Wohin denn?, frage ich, aber sie sieht mich nur an mit völlig verschlossenem Gesicht, und ich weiß: bis hier, aber weiter nicht, und darum sage ich bloß, okay.

Wir schauen beide auf die Gleise, der Wind wühlt in unseren Haaren, aber das ist egal. Ich öffne mein Bier, jetzt erst, auch wenn es womöglich gleich regnet, aber ich will, dass alles so bleibt: dass sie dort sitzt und ich hier, neben ihr, und dass wir weiter auf die wuselnden Leute vor dem Bahnhof gucken, zumindest noch ein Getränk lang.

Wir haben hier immer Menschen beobachtet, weißt du noch?, frage ich sie. Klar, sagt Mugo. Wir waren echt richtig gut darin. Bestimmt, antwortet sie, aber das klingt so schwach und ist so wenig Reaktion, wenn ich an früher denke und daran, wie sie hier rumgelaufen ist und gerufen hat, Menschen, Martin, Menschen! Die sind alle so leicht zu durchschauen, guck mal, wie kleine Insekten! Jetzt ist das sehr weit weg, aber ich weiß, sie kann das nicht alles vergessen haben.

Das traurigste Gepäckstück?, frage ich und drehe meinen Körper so, dass ich ihr gegenüber hocke, weil wir jetzt sowas wie ein Spiel spielen. Erst bleibt sie ruhig sitzen, aber dann linst sie zu mir rüber, und ich weiß, dass ich sie gekriegt habe. Der Rollkoffer, sagt sie und schaut mich endlich wieder an. Warum? Weil er einen zwingt, ständig zurückzuschauen. Richtig, sage ich. Das schönste Gepäckstück? Die Reisetasche, sagt Mugo, und ich muss gar nicht weiter fragen, sie sagt: Weil das so rührend aussieht, wenn zwei Menschen die zusammen tragen, vor allem, wenn sie alt sind und ganz langsam. Sie weiß das alles noch, genau wie ich, es ist nichts verloren gegangen in der Zwischenzeit. Vorwärts oder rückwärts fahren im Zug?, frage ich, und sie schnaubt als Antwort, und es ist fast ein Lachen. Das ist leicht, sagt sie, rückwärts fahren. Weil man dann so sitzt, dass die Dinge zur Landschaft dazukommen. Wenn man vorwärts fährt, verschwinden die Dinge direkt neben dir, und das ist doch irgendwie gruselig. Voll, sage ich.

Wir schauen uns in die Gesichter, und mir fällt wieder auf, wie schlau sie ist, wie viel ich verstanden habe mit ihrer Hilfe, alles, ich habe alles nur mit ihrer Hilfe verstanden. Mugo überkreuzt die Beine, die kurze Hose schneidet in ihre Oberschenkel dabei, genau an der Stelle, die im Winter als Erstes kalt wird, oben und an der Seite, da, wo die Reserven sind. Ich weiß noch, wie sie immer das linke Bein durchgestreckt hat, wenn wir Sex hatten, und als ich gefragt habe, wieso, hat sie Spannung gesagt, ich brauche Spannung im ganzen Körper, und dann kann ich kommen.

Das war gut, diesen Trick zu kennen, und sie hat mir dann auch noch ein paar andere gezeigt, und damit war dann vieles leichter. Aber als ich ihr mal gesagt habe, dass ich nur wegen ihr verstanden habe, wie das funktioniert bei Frauen, da wurde sie sauer und hat gesagt, nein, also, nein, so ist das nicht; du weißt, wie das bei mir funktioniert, aber über die anderen weißt du nichts, denn was das angeht, ist jede Frau wie eine eigene Sprache. Oh, na dann, habe ich geantwortet und mich gefragt, warum sie sich da so sicher ist, aber ein paar Jahre später habe ich gemerkt, dass sie wirklich recht hatte, so absolut recht hatte, und auch da war ich wieder froh, dass ich darauf vorbereitet war.

Es ist genau, wie ich vorhin gesagt habe: Stundenlang droht uns der Himmel mit seinen Wolken und dem ganzen Gestürm, aber nichts passiert. Alle warten und schauen ständig nach oben – das ist wie im Club kurz vor dem Bass, bloß viel länger, einen ganzen Tag lang. Ich denke, bestimmt regnet es heute Abend, und dann denke ich, heute Abend, scheiße, das Grillen, wie viel Uhr ist es überhaupt?, und ich zerre nervös mein Handy aus der Tasche, so hastig, dass Mugo fragt, ist was?, und ich erzählen muss, dass ich noch verabredet bin später und mit wem.

Das macht alles kaputt. Mugo wendet sich ab und sagt kein Wort dabei. Ich frage, was sie hat, aber sie schnaubt bloß und schüttelt den Kopf. Also warte ich kurz, denn ich weiß, sie kann eh nie lange stillhalten, das konnte sie noch nie, sie war ständig voll mit Bewegung und Worten bis obenhin, und ich habe recht, denn sie sagt: Du läufst ihm immer noch hinterher wie ein kleiner Hund. Ich weiß nicht, was tun, also sage ich das Einzige, dessen ich mir sicher bin, ich sage, er ist mein Freund, immer schon.

Mugo schnaubt noch mal und sagt, du läufst ihm auch immer schon hinterher. Das stimmt nicht, erwidere ich, aber eher leise, und dabei drehe ich den Flaschenhals in meiner Hand und schaue ihn konzentriert an. Er ist ja jetzt Schauspieler, sage ich auch noch, das hast du doch mitbekommen. Ja, wer nicht, sagt sie, ich hab mir den Film angeschaut, im Internet, und der ist echt richtig scheiße. Ich will nicht darauf antworten, aber dann merke ich, dass ich schon nicke, ganz aus Versehen. So schlecht, Wahnsinn, sagt Mugo noch mal, aber immerhin habe ich eine neue Regel gefunden.

Mugo findet überall Regeln. Das sind keine richtigen Regeln, natürlich, sondern eher Entdeckungen. Sie sagt: Je schlechter der Film, desto mehr Muskeln haben die Schauspieler. Ja, sage ich, und dann denke ich an Noahs Rücken und wie er von vorn aussieht, ja, das ist eine gute. Mugos Regeln sind oft ganz logisch, wie sich das eben für Regeln gehört, und trotzdem fallen sie niemandem sonst auf. Zum Beispiel, dass es zwei Varianten von Liebe gibt, und die sind wie zwei Leuchtmittel: Glühbirnen, die hübsch sind und gleich zu Anfang ganz hell, und Energiesparlampen, die sind hässlich und erst schummerig, aber nach einer Zeit leuchten sie immer mehr und halten ewig. Mugo ist die schlaueste Frau, die ich je getroffen habe.

Warum seid ihr denn zurückgekommen, wenn es euch so gutgeht?, fragt sie. Ich denke an München, an mein Zimmer, an die blitzblanken Gehsteige, an den Billardsalon unter meinem Fenster und die verdammte, die hartnäckige Einsamkeit. Ich denke an Noah und seine Leute, dass er ständig Fotos mit Teenagern machen muss, beim Einkaufen, beim Joggen, sogar im Wartezimmer beim Orthopäden, ich denke an die Absagen in den letzten Monaten und dass er die Kisten in seinem Wohnzimmer nicht auspackt, zur Sicherheit, weil zwei Zimmer in Schwabing-West, die kann man ja auch nur mit regelmäßigem Einkommen ...

Uns geht es gar nicht so gut, sage ich, aber schon als ich es ausspreche, weiß ich, wie absurd sich das anhört. Und weil ich ihr beweisen will, dass es Probleme gibt bei uns, denke ich einen Moment nicht nach und erzähle ihr von der Nacht und der Statue und dem Speer und dem Transporter, erzähle ihr alles, was uns hierhergeführt hat, und ich bin selbst überrascht, weil so gerafft klingt es wie das Nibelungenlied oder so, wie etwas richtig Epochales, auf jeden Fall klingt es für mich nach einer wirklich guten Geschichte.

Als ich fertig bin, sagt Mugo erst mal nichts. Sitzt still da, die Arme auf den Knien, und dann plötzlich legt sie ihren Kopf darauf ab und lacht und kann gar nicht mehr damit aufhören. Was?, frage ich, und sie sagt, nichts, Martin, es ist bloß alles so lächerlich, und dabei kann ich ihre Zähne sehen, jeden einzeln, so sehr lacht sie darüber. Ich verstehe nichts, es gibt mir bloß einen Stich hinter den Rippen. Ich warte, es ist das Gleiche wie eben – sie hält es eh nicht lange aus. Sie sagt: Noah glaubt, dass sich alles um ihn dreht, weißt schon, wie ein Karussell ... Ja, ja, sage ich, weiß schon, und es ist mir unangenehm, weil ich das auch schon gedacht habe, und Mugo denkt dasselbe, bloß viel mehr und auch viel schneller als ich.

Sie sagt: Er hat das tatsächlich geglaubt, dass die Polizei nach dieser Stange sucht, ich meine, das kann ich mir richtig vorstellen. Ich sehe wieder den See vor mir und die kleinen Boote darauf und das nasse Bündel, und dann Noah, wie ihn das alles kaltgelassen hat. Ja, wahrscheinlich hat er das, sage ich. Mugo schaut mich an, ihr Gesicht ist ganz klar. Das ist doch größenwahnsinnig, sagt sie. Warum habt ihr die nicht einfach irgendwo in den Wald geworfen? Ihr habt da doch Wald, oder? Ja, sage ich, super viel, überall. Und dann: Ich weiß es nicht, ich bin doch auch nur mitgefahren. Ja, das denke ich mir, sagt Mugo, und auf die Art, wie sie es sagt, klingt es gleich nach einer Beleidigung.

Das macht mich sauer, denn ich wollte einfach nur ein Freund sein, das will ich nämlich immer: einfach nur ein guter Freund sein, und sie hat kein Recht, das so schlechtzureden. Ich sage: Noah wollte mich dabeihaben, weil ... na ja, er wollte nicht alleine sein damit. Das klingt, als hätte irgendwer mitfahren können, aber das stimmt nicht. Noah wollte mit mir fahren, er konnte nur mit mir fahren, denn ich bin ein richtiger Freund, sein einziger, vermutlich.

Hat mich immer schon beeindruckt, sagt Mugo, wie er sich selbst überschätzt bei jeder Gelegenheit, vielleicht ist das sein größtes Talent. Ich meine, diese ganze Promisache, das ist doch totaler Quatsch. Hat jetzt einen Film gemacht, und der war schlecht, und er selbst war echt nicht besonders gut, und ich glaube nicht, dass das jetzt sein Ding wird lebenslang; was ist denn sein Plan, überhaupt? Noch nichts Konkretes, sage ich und komme mir komisch vor dabei; ich bin ja nicht Noahs Pressesprecher. Also, er macht jetzt erst mal eine Auszeit. Sicher, sagt Mugo und legt ihren Kopf wieder auf die Knie, kann ich mir vorstellen, dass er jetzt nicht ständig Anfragen bekommt. Was soll das denn?, frage ich sie, weil das hatte ich vergessen: dass sie auch gemein sein kann, vor allem, wenn man es nicht erwartet. Du kannst eine richtige Hexe sein, habe ich mal im Streit zu ihr gesagt, und sie, weil sie eben so viel weiß, hat geantwortet, dass das gut passt, dass ich das sage, weil dieser Hass auf rote Haare und Kräuter und überhaupt die ganzen Hexenverbrennungen, das sei nur dafür da gewesen, um schlaue Frauen kleinzuhalten, weil eh immer schon alle Angst vor denen hatten, und daran hat sich nichts geändert. Das hat sie mir auch mal erklärt: Es gibt Wörter, die nehmen Frauen ihre Bedeutung weg, Wörter wie zickig, schnippisch, hysterisch; bei Männern heißt das immer einfach nur Wut, und das klingt nach einem ehrlichen, starken Gefühl. Wenn ich etwas gelernt habe von Mugo, dann, dass ein Satz nicht nur einfach ein Satz ist, sondern immer auch ein Puzzleteil, das irgendwo hineinpasst.

Sie sagt, du weißt doch, was ich von ihm halte, und ich sag, ist auch nicht so, dass du das geheim hältst. Warum auch?, fragt sie, du bist ja trotzdem blöd genug, dich an ihn dranzuhängen. Das hat Mugo nie verstanden. Weil alles, was sie so abschreckt an diesem Ort, alles, was sie so hasst – die Carports, die Glasfassaden, die Edeka-Käsetheke –, Noah ist Teil davon, viel mehr noch als ich, und vor allem, ohne es zu merken, das ist das Problem. Sie weiß aber auch nicht, wie das ist, einen Freund zu haben, und zwar immer schon denselben. Sie kennt das nicht, diese

Wurzeln, diese Sicherheit, sie war immer schon ein bisschen mehr allein als ich, darum macht ihr das auch weniger aus. Wenn sie gehen will, dann tut sie das einfach, und niemand kann sie zurückhalten. Sie versteht nicht das Gefühl, das plötzlich aufploppt im Körper, wenn man Kinderfotos anschaut, und da waren auch schon immer wir zwei, oder wenn Noah mir die Hand auf die Schulter legt.

Für Mugo ist Noah genau wie seine Eltern, weil er nichts von diesem Puzzle versteht, das sie sieht, überall, obwohl er so viel davon mitbestimmt. Sie sagt, wenn man so lebt wie Noah, ohne es selbst mitzukriegen, dann ist man auch selbst schuld, und da gibt es nichts zu entschuldigen. Ich weiß, dass sie mit vielem recht hat, und ich habe mir oft gedacht, Noah geht mit einer Unbedarftheit durch die Welt, die kann man nur haben, wenn man eine Regendusche im Badezimmer hat. Aber er kann ja auch nichts dafür, wo er herkommt, er ist ja bloß zufällig hierher geboren worden, es hätte ja alles ganz anders kommen können.

Wenn er schon fragt, dann lasse ich ihn nicht alleine, sage ich zu Mugo. Klar nicht, sagt sie, klar, dass du ihn nicht alleinlässt, ich meine, das ist eure Dynamik, das ist deine Funktion, darum braucht er dich ja: Weil du ihn nie alleinlassen würdest, wenn er in der Scheiße steckt. Ich nicke, weil das stimmt. Ich frage sie, was daran schlimm ist, weil eigentlich ist das doch ein ziemlich schöner Gedanke, oder?, und Mugo sagt, voll, auf jeden Fall, aber merkst du das nicht? Dass du eine Selbstverständlichkeit geworden bist, wie Wetter oder Jahreszeiten, und er ist so daran gewöhnt, dass du immer da bist, ich wette, er hat sich nicht bedankt, für irgendwas davon. Er denkt immer nur an sich, als gäbe es sonst nichts, als hättest du nie ein Problem oder irgendwer sonst. Du verstehst das nicht, sage ich schnell, um davon abzulenken, denn dann muss ich ihr nicht recht geben, ich brauche ihn ja auch. Tust du?, fragt sie. Schon, sage ich, sehr sogar, und oft. Du bist abhängig von ihm, stellt Mugo fest, und der Ton, in dem sie das sagt, macht mich ganz wild innerlich. Das stimmt nicht, sage ich, und sie sagt: Du brauchst immer wen, an den du dich halten kannst. Und als du mich nicht mehr hattest als Gegenpol, in der Zeit in München, da hast du dich einfach an Noah angepasst, mit allem, was dazugehört. Du änderst deine Meinung, wie es gerade praktisch ist, du warst nie von allein auf der guten Seite.

Du hast keine Ahnung von uns, sage ich, denn das ist wirklich etwas, das bringt mich innerlich zum Rasen, obwohl sie so schön ist, obwohl sie so klug ist; dass sie immer glaubt, über andere urteilen zu können. Wenn du meinst, sagt sie nach einer Pause, und dann: Das mit euch, das ist, wie wenn man seine Zunge an einen Eiswürfel hält; er ist voll kalt, und es tut weh, und dann bleibst du dran kleben und kommst nicht mehr weg. Fick dich, Mugo, sage ich. Mugo lacht, als wäre es ihr egal, und das macht es noch schmerzhafter. Ich sage, ich muss mich nicht immer vor dir rechtfertigen, und sie sagt, ne, bloß vor dir selbst halt, und jetzt reg dich nicht so auf, du brauchst mich noch für die Rückfahrt. Ich kann auch laufen, sage ich, eine leere Drohung, das wissen wir beide, und Mugo sagt, ach, halt den Mund, und packt die leeren Flaschen wieder in den Rucksack. Der Wind drückt von links, die Feuertreppe macht Stahlgeräusche, als wir runterklettern, die Disteln am Boden peitschen hin und her. Den Weg zurück bin ich sauer und ganz still.

7

Auf dem kleinen Tisch im Flur stehen zwei Salatschüsseln. Die Schüsseln sind mit Frischhaltefolie abgedeckt, und damit die Folie hält, ist um den Rand je eins dieser Gummibänder gespannt, die jetzt so dünn aussehen wie ein Bindfaden oder ein Haar. Ich komme genau rechtzeitig; meine Mutter schminkt sich im Gästebad, aber sie ist bald fertig, ich kann den Deckel ihres Lippenstiftes klacken hören. Mein Vater sitzt neben den Salaten auf einem Stuhl und riecht nach Duschgel; im Grunde riecht er wie jeder frische Mann, frische Männer riechen immer gleich. Wir können los, sagt meine Mutter und: Nimm dir einen Pullover mit, Martin. Ich sage, okay, aber ich bleibe stehen und warte mit hängenden Armen neben der Eingangstür, weil ich ja schon einen anhabe. Meine Mutter trägt etwas Buntes und dazu zwei Armreifen, die jedes Mal aneinanderklimpern, wenn sie ihre Hand bewegt. Mein Vater steht auf und geht zur Tür, gut siehst du aus, sagt er, und dabei streift er ihre Hüfte. Ich frage mich, welche Glühlampe meine Eltern in Mugos Regel sind; ich würde das manchmal gern wissen, fühlt ihr noch was?, möchte ich fragen, einfach so, beim Abendbrot oder auf einem Spaziergang, aber das gehört zu den Dingen, die man dann eben doch nie macht, besonders nicht, wenn man ist wie ich.

Wir gehen den Weg zu Noahs Haus hoch, und wir spüren es schon in der Luft: nicht nur Wetter, nicht nur Wolken, sondern auch Sound, wie ein Geruch, bloß in den Ohren, es ist überall. Man kann spüren, dass hier Menschen gesellig sind, irgendwo ganz nah, da sind Messer auf Tellern und Gläser an Gläsern und Stimmen, gedämpft, gesittet, mit genau dem richtigen Maß an Ausgelassenheit. Am liebsten würde ich wieder umdrehen und mich zu Hause im abgedunkelten Wohnzimmer auf das Sofa legen.

Das Gartentor links steht offen, das tut es sonst nie. Wir schlüpfen zwischen dem Stahl hindurch und umrunden das Haus, zur Hälfte. Hinten ist alles so, wie ich es mir vorgestellt habe, die Geräusche sind lauter, die Menschen stehen in Gruppen zwischen den saftigen Blumenkübeln und essen gutes Fleisch, das nicht viel Wasser lässt beim Grillen. Mit den Augen scanne ich den Rasen, sehe Noah, wie er zwischen ein paar Erwachsenen steht und ausgiebig seine Hände benutzt beim Reden, sehe Josef am Büfett, seine Eltern daneben und schließlich Noahs Schwester, die gerade mit einem Baby auf dem Arm aus dem Haus tritt. Noahs Schwester ist Anwältin in einer großen Firma in der übernächsten Stadt, die Waschmittel und solche Sachen verkauft, und alle sprechen davon, wie erfolgreich sie ist, vor allem, seit sie ein Kind bekommen hat und dann direkt noch ein zweites. Bei Frauen ist das so, die müssen beides gleichzeitig machen und dabei am besten noch ihre Haare zurückwerfen aus Leichtigkeit, erst dann ist es beeindruckend, weil eins von beidem ist immer irgendwem zu wenig. Noahs Schwester heißt Laura und macht alles davon so gut, dass ich ihr jedes Mal die Hand schütteln will wie bei einer Preisverleihung.

Ich nehme mir ein Glas Sekt von einem halbvollen Tablett neben dem Büfett, ich will mich kurz hinstellen und mich an alles gewöhnen. Der Sekt prickelt im Kopf. Die Leute hier sehen alle ähnlich aus: Die Frauen tragen bunte Kleider, die zum Sommer passen, und darüber leichte Strickjacken, die Männer tragen Jeans und Freizeithemden, aber gute Jeans, solche, die nach zwei Jahren immer noch Garantie haben. Sie stehen in Gruppen zusammen und reden ganz unbedarft, sie schauen nicht nach oben, sie haben keine Angst vor irgendwas, vor dem Regen, vor dem Sturm. Sie fühlen sich in Sicherheit hier, ganz nah an diesem Haus aus Glas und Beton, eingebettet in diese Siedlung. Das ist schön, eigentlich. Aber es schwingt etwas Komisches mit, etwas, das sich nicht greifen lässt und mir sagt, das sind Menschen, die stehen auf einer Aussichtsplattform und schauen auf einen geschlängelten Fluss und eine Burg, meinetwegen, auf Weinberge und sagen etwas wie: Schau mal, unser schönes Land, und dabei empfinden sie eine Zufriedenheit, einen Stolz, als hätten sie alles selbst gerodet und gebaut vor zweihundert oder fünfhundert Jahren.

Noahs Mutter kommt hinter meinem Rücken hervor, obwohl ich mich extra an die Hauswand gestellt hab, damit mich niemand überrascht. Sie hält auch ein Glas Sekt in der Hand, sie lächelt und stößt es vorsichtig an meines, so zart, dass es einen wahnsinnig elfenhaften Ton ergibt. Sie sagt weiterhin nichts und schaut in den Garten, und weil ich das nicht ertragen kann, sage ich irgendwann, dass es schön ist, mal wieder hier zu sein, obwohl ich das nicht ganz ..., und dann sagt sie, oh, es ist auch schön, euch wieder hierzuhaben, und lächelt noch mehr, und ich erinnere mich, warum das so angenehm ist, mit ihr zu sprechen, ich denke, stimmt, stimmt ja: Ihre Stimme klingt wie nach einem unerwarteten Kompliment, bloß eben die ganze Zeit.

Ich kann das nicht so gut, reden ohne Grund. Wenn ich mir vorstelle, dass das später meine Zukunft ist und dass ich mich für ganz viele Sachen interessieren muss, um solche Abende zu überstehen, muss ich mich zwingen, nicht mein Glas fallen zu lassen. Manchmal, in München, sehe ich alte Männer, die zusammen auf einer Kante sitzen, auf einem Vorsprung, auf dem sie kaum Platz haben, zu zweit oder zu dritt. Die Männer reden wenig und halten Bierflaschen aus dem Supermarkt in ihren aufgerauten Händen, und ich denke, das will ich mal, so will ich mal sein später; ich will, dass es ruhig ist und ehrlich.

Ich sage, dass das bestimmt wieder viel Aufwand war, und Noahs Mutter sagt, ach, na ja, eigentlich ... aber gerade sei eben auch im Büro viel zu tun und überhaupt sei es im Moment so ..., aber dann sieht sie mich von der Seite an und stockt, berührt kurz meinen Arm und sagt, toll, dass es dir gefällt, und dabei lacht sie, aber das wirkt, als wäre es Arbeit für das Gesicht. Ich lächle auch, doch da hat sie sich schon umgedreht und begrüßt eine Frau in einem Blumenkleid, lange und herzlich.

Stattdessen ist da Josef, der mit einem vollen Teller vom Büfett kommt. Er hat alles angehäuft, was irgendwie mit

Kohlenhydraten zu tun hat: Nudelsalat und Blätterteigtaschen und winzige belegte Baguettescheiben. Josef isst kein Fleisch, außer Shrimps, denn mit denen hat er kein Mitleid. Ich frage, ob es wieder den Melonensalat gibt, und Josef sagt, ja, schon, aber da müsste ich die ganze Schüssel essen, um was zu merken. Wenn ich da eine Portion von esse, dann kann ich auch einfach einen Schluck Wasser trinken. Josef isst unaufhörlich, immer schon, und es ist ein Rätsel, wie das alles in seinen kleinen Körper passt. Ich bin ein ganz schlechter Verwerter, hat er mal gesagt, ich lasse einfach alles durch. Ich habe dabei an eine Mautstation denken müssen, an der jemand alle Autos durchwinkt.

Was machst du so im Moment?, frage ich ihn, weil Josef zwar bescheiden ist, aber wenn man ihn lange genug kitzelt, dann hat er oft eine gute Geschichte. Letztes Mal hat er mir erzählt, wie er in Thailand Tramadol in der Apotheke gekauft hat, weil das billiger ist als Opium und genauso gut, angeblich, und dazu hilft es auch noch gegen Schmerzen. Und jetzt, dass er als Reinigungssteward für die Deutsche Bahn gearbeitet hat, die haben nämlich ein neues Konzept: Man kriegt einen Zug, und den macht man sauber, immer denselben, und so entwickelt man eine emotionale Bindung und hat plötzlich Spaß an seinem Job. Welcher war denn deiner?, frage ich. IC 2028, sagt er, in seinen Augen ist ein Flirren, der fährt bis nach Hamburg. Und willst du was wissen?, fragt er noch. Klar, sage ich. IC 2028, so heißt auch eine Spiralgalaxie im Sternbild Schwertfisch im Südsternhimmel. Ist ja krass, sage ich. Ja, sagt Josef, ist ein ganz besonderer Zug.

Ich hatte auch mal einen Job, am Anfang in München, als ich gemerkt habe, wie teuer dort alles ist, Wahnsinn, sogar ein Bier kostet vier Euro, fast. Da habe ich bei der Post gearbeitet, ich bin einen Lieferwagen gefahren, einen großen, gelben, wie man sich das vorstellt. Den hab ich aber immer so geparkt, dass irgendwer mit seinem Geländewagen nicht durchgekommen ist, jedes Mal totaler Stress, und außerdem schicken die Menschen so unfassbar schwere Dinge hin und her, das ist einfach nicht auszuhalten. In dieser Zeit jedenfalls hatte ich ganz gefährliches Halbwissen, weil ich im Auto oft Kulturradio gehört habe, aber immer nur ein paar Sekunden, und dann war ich wieder drei Minuten weg. Ich wusste von allem immer nur ein Drittel, aber dieses Drittel hat mich gerettet auf den Partys mit Noah, das ist nie jemandem aufgefallen. Hol dir auch mal was, sagt Josef und zeigt auf seinen Teller, ich sage: gleich. Josef hat ständig Sorge, dass die Menschen um ihn verhungern, aber das wäre hier völlig unmöglich. Ich kann noch nichts essen, obwohl alles so gut aussieht. Da sind so viele Gerichte nebeneinander, auf ganz engem Raum, und die Leute reden, während sie die großen Löffel in die Schalen graben, und auch später, wenn sie an den Stehtischen stehen und sich alles mit kleineren Löffeln in die Münder schaufeln. Überhaupt scheinen sie wenig wahrzunehmen, nicht, wie grün der Rasen ist, obwohl es seit Wochen nicht geregnet hat, nicht, wie sauber alle Fenster sind, nicht, dass Noahs Vater ein eigenes Dolby-Surround-System für den Garten installiert hat und dass der Grill so viel kostet wie ein gebrauchtes Auto. Mugo hat gesagt, das ist wie im Flugzeug am Fenster schlafen: Alles ist groß und perfekt und wunderschön, aber man sieht nicht mehr hin.

Noahs Vater steht neben Noah, als ich dazukomme. Er steht da mit ein bisschen Abstand, die Arme wohlwollend verschränkt, und betrachtet ihn von der Seite, wie er redet. Noah erzählt von den Dreharbeiten, immer noch, das ist ewig her mittlerweile, aber die Gruppe scheint es zu interessieren. Er redet und lacht, immer abwechselnd, das wirkt sehr charmant bei ihm, und es ist ganz offensichtlich, dass ihm leichtfällt, was er gerade tut.

Und jetzt?, fragt plötzlich jemand, was hast du jetzt vor? Noah strauchelt kurz und stockt; sein Vater ändert die Position seiner Arme, langsam und bewusst. Ach, sagt Noah und nimmt die Hände runter, also, ich bin eigentlich ganz froh, wenn jetzt erst mal Ruhe einkehrt. Die Köpfe um ihn nicken bedächtig, sein Vater findet in die alte Haltung zurück, und Noah ist wieder in der Bahn. Ich meine, natürlich gibt es Pläne, sagt er, verschiedene Ideen, Projekte, aber ich bin da ehrlich, seit ich wieder hier bin, habe ich das richtig zu schätzen gelernt, die Entschleunigung, also, das hat schon was, und dabei zwinkert er wieder mit den Augen, und die Leute zwinkern begeistert zurück und denken, ja genau, wir haben es schön hier, vermutlich.

Da ist etwas an meinem Bein, tief am Boden, es fühlt sich an wie ein Tier, aber als ich hinschaue, ist es nur eine Serviette. Es wird windig, stürmischer noch als vorhin, sodass die Blätter der Sträucher zittern und die Tischdecken hochklappen. Eine Frau verliert ihr Tuch, die Luft fängt sich unter dem Sonnensegel über der Terrasse und macht ein stumpfes Geräusch, die Menschen werden fahrig und greifen nach ihren Gläsern. Geht ruhig alle rein, ruft Noahs Mutter und bewegt dabei die Arme, als würde sie Kühe treiben, überhaupt kein Problem, wir gehen einfach rein. Die Leute nehmen, was sie kriegen können, die Flaschen, die Schüsseln, die Teller, und je weniger Gewicht auf den Tischen ist, desto wütender flattern die Decken darauf. Ein vergessenes Sektglas fällt auf die Steine, überhaupt kein Problem, ruft Noahs Mutter und lacht, aber ich kann sehen, wie ihr Ausdruck zerfällt, als niemand mehr hinsieht, wie sie die Hände abwischt an ihrem Rock, wie sie die Haare zurückstreicht. Die Menschen drängen durch die Schiebetür nach drinnen, sie riechen den Regen, das Gewitter.

Im Wohnzimmer ist es genauso wie draußen, bloß ohne Grün: ordentlich und großflächig und überall ist Platz in alle Richtungen. Das ist eins dieser Häuser, über das man immer sprechen muss, wenn man es betritt. Ich glaube aber, dass Noahs Eltern das gefällt, sie haben es schließlich selbst gebaut oder eigentlich bauen lassen.

Die Menschen unterhalten sich wie vorher, heiter und gelöst, aber es fühlt sich an, als täten sie das aus Trotz, trotz des Sturmes, trotz der ersten Regentropfen an den Scheiben, sie heben ihre Stimmen gegen dieses Unbehagen, gegen die Bedrohung von außen, die immer näher kommt. Sie stellen die Schüsseln auf den Glastisch, sie schließen ihre Strickjacken vor der Brust, sie sagen unaufhörlich, macht doch nichts, ist doch gemütlich, aber die Erwartung liegt über allem wie ein Surren, ein Ton, eine Stimmung, und gleich kommt der Schlag.

Zuerst kommt noch ein anderes Geräusch, nämlich Metall gegen Glas, und dann Noahs Vater, der sagt, liebe Freunde, und dann noch mal, weil es so laut ist, liebe Freunde, und dann: Das haben wir uns natürlich anders vorgestellt, aber wir sind ja flexibel. Dann sagt er noch, wie sehr er sich freut, dass alle gekommen sind und dass er den kleinen Umbau nutzen will, um ein paar Worte zu sagen, ich halte mich kurz, sagt er.

Dann erzählt er vom ganzen letzten Jahr, was passiert ist im Büro, dass sie ein Großprojekt fertiggestellt haben, dass es gleich ein neues gibt, das sei schön, aber anstrengend. Er erzählt von Noah und Laura, aber mehr von Noah, erwähnt den Film, erwähnt den Preis, bei dem Noah sein Auto gewonnen hat, spricht dann noch kurz von den anderen beiden Schwestern, bei denen passiert weniger im Vergleich, und sie sind heute auch nicht da. Er ist nahbar und kompetent, und die Gäste lachen an ganz unerfindlichen Stellen, aber das ist ja immer so, wenn Leute allgemein Lust haben zu lachen vor lauter Wohlwollen.

Irgendwann schaut er in die erste Reihe und bleibt dort hängen mit dem Blick, und dann sagt er, Astrid, jetzt komm doch auch mal nach vorn, und ich kann sehen, wie Noahs Mutter abwinkt mit ihrer leeren Hand, der rechten, aber der Vater sagt noch mal, jetzt komm mal zu mir. Die Leute, die Freunde, die Nachbarn, alle starren so in ihren Rücken, bis sie schließlich nach vorne gehen muss. Sie tut es langsam und mit kleinen Schritten, und dabei schlingt sie ihren Arm um die Taille, wie zum Schutz. Als sie sich umdreht, lächelt sie.

Noahs Vater sagt, das wäre nämlich alles gar nicht möglich ohne dich, wie du hier mit deiner Ausdauer alles ..., und Noahs Mutter sagt, ach, das ist doch ..., und er sagt, nein, das musst du jetzt nicht so klein- ..., und sie sagt, ja gut, also, danke, und dabei schaut sie wieder so wie eben, als sie bei mir stand. Die Hinterköpfe vor mir wippen rhythmisch, und niemand sagt etwas, und auch Noahs Eltern stehen nur da mit einem Meter Abstand zwischen sich. Nach einer Zeit hebt Noahs Vater sein Glas und sagt, auf dich, Astrid, und sie sagt wieder, ach, und dabei ist sie ganz versteinert im Gesicht, so als wollte sie gar nicht hier sein, und alle im Zimmer heben ihre Gläser, heben ihre Flaschen und trinken auf sie.

Dann wieder Stille, weil alle Münder beschäftigt sind in diesem Moment, und in dieser Stille zieht Noahs Vater die Mutter zu sich, als wollte er sie küssen, und das tut er dann auch, aber nur auf die Wange, irgendwo neben die Schläfe. Es sieht aus, als täten sie das zum allerersten Mal. Noahs Mutter macht ihren Nacken ganz steif, sie bewegt den Kopf nicht, sie bewegt den Körper nicht, sie wartet einfach ab, bis es vorbei ist, und schaut angestrengt geradeaus.

Ihre Fingerknöchel sind ganz weiß an der Hand, mit der sie das Sektglas umklammert, da ist eine Ader neben dem rechten Auge, und auf der Haut darüber ein Schweißfilm, fast unsichtbar von hier hinten. Die Gäste merken nichts davon, die Gäste lachen und geben zustimmende Laute von sich, und es ist fast erledigt, fast überstanden, da sagt jemand von der Seite, na, das ist doch kein Kuss, und als die Leute ihn bestätigen mit ihren Geräuschen, sagt er, jetzt küss die Frau mal richtig, das hat sie sich verdient.

Darauf folgt ein Moment, der ist bestimmt nicht sehr lang, aber ich nehme alles gleichzeitig wahr: den Sturm draußen, die Tropfenbahnen am Fenster, das Dunkel des Himmels, das Scharren der Füße auf dem Marmorboden, die unerträgliche Wortlosigkeit über allem, und diese Dinge verbinden sich, verdichten sich zu einer einzigen Gewissheit, und ich weiß plötzlich, dass das jetzt entscheidend ist. Ich denke an den Abstand zwischen den Eltern, überall, jederzeit, als wären sie zwei Planeten und würden sich umkreisen, als wären sie Magneten und würden sich abstoßen, und ich denke daran, wie sich die Mutter manchmal einschließt und telefoniert mit irgendwem, und danach ist da eine dünne Salzkruste auf dem Display ihres Handys. Ich denke an all das und weiß, jetzt wird etwas zersplittern.

Ich bin in vielem nicht so gut, aber das kann ich, dieses Vorausspüren. Und als der Vater sie jetzt wieder heranzieht zu sich, als er ihren braunen Arm umschlingt mit den Fingern, da überrascht es mich nicht, dass sie ihm eine Hand gegen die Brust drückt, dass sie ihn wegschiebt damit, dass sie sagt, nein, ich möchte jetzt bitte nicht, bitte …, und als der Vater sie nicht loslässt, hier vor den Leuten, vor Publikum, da will sie sich abwenden, ein letzter Versuch, dreht ihre Schultern, dreht ihre Hüfte, aber der Vater hält sie bei sich, und auf einmal hat sie einen Ausdruck im Gesicht, den ich so noch nie gesehen habe. Es ist, als würde sie alles fallen lassen innendrin, als würde sie sich herausschälen aus ihrer Hülle und in sich zusammensinken, und gerade als ich das denke, da sackt sie auch außen zusammen, geht einfach zu Boden. Das ist keine Ohnmacht, das ist bloß so viel Verzweiflung auf einmal, dass sie sich auf ihre Füße hockt wie ein Kind, und dann macht sie einen Ton, lang und hoch, jedes Lächeln der letzten Jahre steckt da drin, und das ist wie ein Signal, ein Anpfiff.

Aus dem Ton wird ein zweiter, und dann macht sie ganz viele Geräusche hintereinander, und draußen ist endlich Donner, und der Sturm wirft einen Terrakottatopf um. Da sind Scherben auf der Terrasse, und das Wasser kommt von oben und von überall und prasselt fast waagerecht gegen die Fenster, und das Zimmer wird zu einer Kapsel, weil man im Garten nichts mehr erkennen kann, so viel Regen. Die Leute reden alle durcheinander, dann platzieren sie hastig ihre Gläser auf den Oberflächen und eilen zu Noahs Mutter, die dasitzt und schreit, die Arme um die Knie, das Gesicht verzerrt. Sie kann nicht sprechen, sie kann nur wimmern und atmen, einatmen vor allem, viel zu viel, viel zu schnell, und als jemand sie anfassen will, löst sie die Arme von den Knien und stößt alle weg, dann plumpst sie nach hinten. Sie liegt da, die Beine offen, dass man unter ihren Rock schauen kann, und weint und schaut starr die Füße eines Hockers an, und draußen wütet das Wetter.

Ich stehe allein neben der Tür, während alle laufen und tuscheln. Ich spüre das Splittern, das Zerbrechen in einzelne Teile. Ich spüre die Schwere von allem Unausgesprochenen, ich sehe das Hervorquellen der Dinge aus der Tiefe. Da ist eine Tragik, die macht mich ganz bewegungslos, und ich denke, dieses schreckliche Unglück. Die meisten hier denken das nicht, sie spüren das auch nicht wie ich, diese Gleichzeitigkeit, ein Gefühl wie nach dem Aufbrechen einer Nuss, oder besser: einer empfindlichen Eierschale. Die Menschen wuseln umher und bringen ein nasses Handtuch, ein Wasserglas, ein Kissen für die Beine. Sie sagen Sachen wie, der Kreislauf, oder, das ist dieses Wetter, und sie haben absolut kein Gespür für die Situation und was hier eigentlich passiert, diese Traurigkeit, der Zusammenbruch von allem.

Ich sehe Noah neben seiner Mutter, Mama, sagt er und berührt ihren Arm. Die Art, wie er das tut, ist so unbedarft, so sorglos, als sei sie gerade gestolpert. Noahs Vater befühlt ihre Stirn. Die Mutter ist ganz leise mittlerweile, doch das ist keine Beruhigung. Sie reagiert auf nichts, nicht auf die Handtücher, nicht auf das Wasserglas, sie liegt dort wie eine versteinerte Puppe und lässt sich stumm anfassen von den helfenden Händen. Meine Eltern stehen am Rand, sie halten sich zurück wie immer, aber sie wenden nicht den Blick ab, niemand hier, es ist ein großes Starren, ein allgemeines Stirnrunzeln, aber alles im Rahmen belebter Geschäftigkeit, während draußen der Regen tobt und gar nicht mehr aufhört damit.

Das ging alles sehr schnell, und wenn Noahs Mutter etwas kann, dann ist es Kontrolle, und darum dauert es vier oder fünf Minuten, höchstens, und sie beginnt wieder herumzuschauen, dann richtet sie sich auf. Es geht schon, sagt sie, das ist das Erste, was sie sagt, und es ist eine so grausliche Lüge, dass ich es auf der ganzen Haut spüren kann. Die

Frauen knien neben ihr in fürsorglichen Haltungen und dabei streichen sie sich die Röcke glatt und ziehen sie über die alternden Knie, die Männer stehen daneben mit den Händen auf den Rücken und schauen betroffen nach unten. Noahs Mutter blickt in die Runde und ringt um ein Lächeln, um ein Zucken in den Mundwinkeln, irgendetwas, und natürlich gelingt es ihr. Sie sagt, gebt mir kurz eine Minute, ja?, dann atmet sie zwei Mal ein und aus und steht auf.

Das war alles ein bisschen viel, oder?, fragt Noahs Vater, und dabei legt er seine Hand exakt an die Stelle, die er schon berührt hat, vorhin. Noahs Mutter zuckt zurück, aber sie hat keine Kraft mehr, sie gibt auf und lässt es geschehen. Leg dich mal kurz hin oben, sagt er, die Vorbereitungen ..., ruh dich jetzt erst mal aus. Ja, sagt die Mutter und macht ein freundliches Gesicht, als sie an den Leuten vorbei zur Tür geht, erschöpft, aber freundlich. Als sei es tatsächlich das Wetter, tatsächlich die Besorgungen und das Rücken der Stehtische am Nachmittag und nicht genau das, was sie gerade tut: das Immerweitermachen, das Zusammenbeißen, das Überstrahlen von unendlicher Einsamkeit. Es ist alles eine Prüfung, wie jetzt, es muss immer alles funktionieren. Die Menschen hier machen beflissene Gesichter. In ihrer Mitte bildet sich ein Korridor, durch den sie hindurchschleicht. Kurz ist da eine Geste von rechts, aber die streift sie ab im Vorbeigehen.

Ich stehe in der Ecke, aber ich stehe eben auch direkt neben der Tür, und darum gibt es eine Sekunde, mehr nicht, da kann ich alles von ihr sehen. Sie schaut erst zu Boden, auf ihre Füße, während sie läuft, und als sie wieder hochsieht, vergisst sie die Heiterkeit, und genau dann fixieren wir uns mit den Augen, und ich kann die Scherben erkennen darin.

Noahs Vater schiebt sie weiter, aber das ist egal, denn es hat schon gereicht. Das war genug Zeit, um mir vorzustellen, wie sich das anfühlen muss für sie, jetzt hochzugehen und sich hinzulegen, auf das riesige, leere Bett in diesem riesigen Zimmer, das genau so eine Fensterfront hat wie hier, nur mit noch mehr Aussicht. An einem Tag wie jetzt, wo der Wind so in den Wolken herumklaubt, und alles ist düster über den Salatköpfen, da muss sie sich auf die Tagesdecke legen und warten, bis alles besser wird. Aber wie soll es besser werden, wenn doch eh immer alles gleich bleibt? Wenn die Leute, die gerade unten stehen, morgen auf der Straße warten und auf der dahinter und beim Bäcker und im Edeka? Es ist ausweglos, ich kann das spüren, und ich kann das sehen an der Haltung ihres Oberkörpers und der Art, wie sie die Füße auf der Steintreppe anhebt.

Es ist das Gleiche wie mit der Wasserleiche: So etwas bleibt in mir drin. Ich kann an nichts anderes denken, das ist wie ein Pochen, und mit jedem Mal kommen die Bilder wieder, eine Zeitlang. Die meisten Leute, die ich kenne, sind nicht so. Der Korridor ist verschwunden, es gibt wieder kleine Gruppen, in denen jeder etwas in die Mitte spricht, und alle reden noch ganz aufgeregt, aber so, als wäre etwas überwunden, eine Katastrophe abgewendet, als wäre nicht gerade das ganze Gewicht dieses Zustandes nach außen gekehrt worden. Noahs Vater macht Musik an, sie kommt aus allen Winkeln des Raumes.

Meine Eltern kommen zu mir, meine Mutter geht nah an mich heran, na, mein Schatz, sagt sie, mein Vater sagt nichts. Na, sage ich. Ich mag nicht, was jetzt folgt, wahrscheinlich. Die Astrid braucht wirklich dringend Hilfe, sagt meine Mutter, mein Vater sagt wieder nichts, aber nickt. Weiß ich nicht, sage ich. Meine Mutter sagt, die ist wirklich überhaupt nicht mehr belastbar. Ich meine, an so einem schönen Abend, einfach aus heiterem Himmel ..., sie schaut zurück zu der Stelle, an der eben noch Noahs Mutter lag. Ich gehe mal zu Noah, sage ich nach einer Pause. Du bist ein guter Junge, sagt meine Mutter, und dabei schaut sie mich so warm und so herzlich an, dass ich denke: Wenn sie das kann, warum kann sie den Rest nicht verstehen? Ich gehe in den Raum hinein ohne ein weiteres Wort, weil ich zu wütend werde für ein Gespräch, wenn ich hier noch länger stehen bleibe.

Ich suche Noah in der Menge. Das ist leicht für mich, denn das mache ich so oft, dass mein Blick richtig gepolt ist auf ihn, ich brauche nur einen Fuß oder die Rückseite seines Armes. Er lehnt etwas abseits an der Wand. Er steht dort und zwirbelt ein Glas zwischen den Fingern, wie immer, wenn er nervös ist. Das Glas ist leer, schon wieder. Ich will ihn nicht kontrollieren, aber es gibt Dinge, die ich einfach sehe, wie etwa, dass sich der Pegel in seinem Weinglas ziemlich schnell verändert, es ist sehr oft hintereinander leer und wieder voll. Ich sage, hey, und Noah dreht seinen Kopf zu mir, aber so schwerfällig, dass ich merke, hier stimmt etwas nicht, irgendetwas stimmt nicht.

Ich weiß nicht genau, was sagen, darum sage ich, was

ich denke, ich sage: Tut mir leid mit deiner Mutter, denn das meine ich so. Ja, sagt Noah und nickt, aber dabei sieht er aus, als hätte man ihn gewaltsam aus etwas herausgerissen, als wäre er beschäftigt gerade, sein Kopf völlig ausgelastet. Ich überlege, ob er das Gleiche empfunden hat, diese Enge, das Ringen seiner Mutter nach Luft, aber dann sagt er: Die kommt schon klar, denke ich. Die hat einfach nur zu viel gemacht in letzter Zeit, und dabei starrt er an mir vorbei ins Zimmer, der Blick trüb und unbeweglich. Ich weiß nicht, was ich antworten soll auf so einen Satz. Es ist wie mit meinen Eltern, nur noch schlimmer: Noah versteht so vieles, auch besondere Dinge, vor allem, und hier denkt er wie alle anderen, also, eigentlich denkt er gar nicht. Ich sage, dass ich glaube, dass seine Mutter sehr unglücklich ist insgeheim, und er sagt, Quatsch, denen geht es voll gut gerade, schau mal, die haben das ganze Haus für sich, seit ich ausgezogen bin.

Das klingt wie ein verdammter Alptraum, alleine in diesem Glasgebäude, aber nicht in Saint-Tropez, ja nicht mal irgendwo in Frankfurt, sondern einfach neben einem dreckigen Acker am Ende einer Spielstraße, und die nächste Stadt hat vielleicht hunderttausend Einwohner. Ich stelle mir vor, wie sich das anfühlen muss, zu zweit in diesen vielen Zimmern und im Garten, und von überall schauen Menschen rein und gucken, wie die Beete bepflanzt sind. Ich stelle mir auch vor, wie das sein muss, diese Dinge mit jemandem zu teilen, von dem man nicht mehr angefasst werden möchte und den man trotzdem jede Nacht atmen hört neben sich, während man wachliegt, und für mich wäre das ein absolutes Elend. Und ich merke, dass uns das ganz fremd voneinander macht, Noahs Gleichgültigkeit und dass er nichts davon verstehen kann anscheinend. Ich denke an Mugo und was sie gesagt hat, und irgendwo, an irgendeiner Stelle, bricht ein Teil von mir ab.

Noah sagt, der Speer, und ich spüre, wie noch etwas anderes dazukommt, nämlich Wut. Ich bin wütend, als er sagt, dass wir den wiederholen müssen, der sei da nicht sicher, das hast du ja selbst gesehen gestern, den kann jederzeit jemand finden, und dann bin ich im Arsch. Ich frage ihn, wie er jetzt darauf kommt, aber ich brauche ihn nur anzuschauen, um zu merken, dass das schon die ganze Zeit da war, ohne Unterbrechung.

Ich sage, das ist doch jetzt nicht wichtig, Noah, aber da dreht er sich zu mir und drängt mich an die Wand, er packt meinen Arm, wie sein Vater es eben getan hat, und dann sagt er, siehst du diese Leute hier, Mann? Ich sage, ja, ist ja gut, jetzt red ein bisschen leiser bitte, und Noah dämpft die Stimme, als würde er flüstern, aber er ist immer noch viel zu laut, er sagt: Die wissen alle, was ich mach, und die respektieren mich dafür, die finden das gut. Ich hab keine Lust, die zu enttäuschen mit so einer Scheiße, meinen Vater und alle, nur weil ich irgendwie besoffen war und bisschen randaliert hab. Er schaut sich um, während er das sagt, und das macht ihn mir noch fremder, denn ich merke in diesem Moment, dass ihm das etwas bedeutet, was die Leute hier denken, dass es ihm wirklich etwas bedeutet.

Ich schaue auf das Weinglas in seiner Hand, ich versuche zu rechnen, aber in so etwas bin ich nicht gut, also deute ich mit dem Finger drauf und frage, das wievielte war das?, und er sagt, das kann dir doch egal sein, aber dann sagt er, das vierte, und einmal noch zwischendurch aufgefüllt. Ach so, sage ich. Ich sage nicht, dass es noch ganz schön früh ist für so viel Wein und dass das dafür auch nicht der richtige Ort ist, vermutlich. Ich glaube, es ist wichtig, ihn jetzt zu beruhigen, denn es kann sein, dass er eine wirkliche Angst hat, auch wenn es dazu keinen Grund gibt. Angst ist immer schlimm, egal woher sie kommt, daher sage ich, alles cool, jetzt mach dir keine Sorgen, den wird niemand finden, der ist da so tief ..., aber da wird er ganz unruhig, er reißt den Kopf herum, und ich denke, jetzt kommt irgendwie ein Unheil auf uns zu, und ich habe recht damit.

Noah schaut nach draußen. Da ist kein Donner mehr, keine Lichtblitze, der Himmel wird heller, aber da ist immer noch Regen, der von den Steinen wieder hochspringt. Noah sieht das alles, aber er spürt bestimmt auch den Wein, und deshalb fährt er wieder herum zu mir und sagt, ich muss jetzt dahin, Martin. Wohin?, frage ich, obwohl ich das längst weiß, aber ich will, dass er es ausspricht, damit er es hört, aus seinem eigenen betrunkenen Mund, und merkt, wie absurd das ist. Er sagt, ich muss zur Grube, wohin denn sonst, und dabei stellt er sein leeres Glas auf eine Lautsprecherbox.

Mir wird plötzlich klar, wie tief wir jetzt in der Scheiße stecken, denn für Noah klingt das nach einer wirklich guten Idee, zumindest jetzt. Ich sage, Noah, das ist super quatschig, was willst du denn ..., und er kommt noch mal ganz nah heran, ich kann spüren, wie feucht seine Achseln sind. Ich will schauen, ob der noch da ist, ob man den sehen kann vom Ufer. Ernsthaft?, frage ich, es ist ein See, und es ist bald dunkel. Was willst du da sehen? Mir fällt wieder ein, warum Noah mich braucht. Ich bin sein Kopf manchmal, sein Gehirn, und ohne das ist er hilflos und macht Dinge wie jetzt. Das Problem ist nur: Er ist dann immer so entschieden, dass man gar nicht ankommt gegen ihn. Ich könnte jetzt eine Rede halten, ein richtiges Plädoyer mit Argumenten, und es wäre umsonst, ich weiß das. Es ist jetzt nur wichtig, das Schlimmste zu verhindern, denn das ist so eine Sache bei Noah, dass er nicht versteht, wenn etwas gefährlich wird, absolut gesehen. Und als er jetzt in den Flur stürmt zur Kommode, als er die klingelnden Schlüssel in der Schale umrührt, als er schließlich einen Autoschlüssel aus der Hosentasche zieht und ihn fallen lässt, da hebe ich ihn auf und sage, dann lass wenigstens mich fahren. Ich mach das selbst, sagt er noch und versucht, mir den Schlüssel aus der Hand zu zupfen, aber das macht er mit so wenig Elan, dass ich spüre, er ist eigentlich einverstanden. Ich sage, das machst du nicht, und jetzt sei still, denn ich bin immer noch sauer, parallel, aber ich kann auch nicht zulassen, dass er jetzt tatsächlich den Transporter fährt, so.

Wir sagen niemandem Bescheid, als wir das Haus durch die Vordertür verlassen. Noah schleicht sich raus, sozusagen, und auf mich achtet eh keiner. Unter dem Vordach bleiben wir kurz stehen, denn es ist wirklich noch viel Regen, und als ich die Tür zuziehe hinter mir, da denke ich an die letzten zwei Stunden, an den Zusammenbruch, den zerbrochenen Blumentopf, an die Sätze meiner Mutter und dass Noah nichts davon mitkriegt. Mir wird bewusst, was ich hier tue für ihn, schon wieder, und das macht so ein Gefühl in meinem Bauch, als würde alles kippen, unwiederbringlich, und ich trete auf die Straße, ohne Noah anzusehen.

8

Als wir am Auto ankommen, ist alles nass. Noahs Hemd ist durchsichtig geworden, es klebt an seinem Körper wie Folie, und unter anderen Umständen hätte ich ihn für seine Disziplin bewundert wegen der Muskeln, aber das kann ich jetzt nicht, ich muss denken: Er ist in allem gut, bei dem es um ihn selbst geht.

Wir sprechen nicht auf der Fahrt, keine Ahnung, ob Noah das auffällt. Zur Kiesgrube ist es nicht weit, und er ist auf dem Beifahrersitz damit beschäftigt, seine Haare zu richten und zu schimpfen und sein Gesicht mit den Händen zu bedecken. Ich frage mich, ob er sich das selbst abnimmt, ob er gerade wirklich glaubt, dass er ein Problem hat. Ich meine, das ist wieder so ein Hirngespinst von ihm, das ist einmal drin, und dann lässt es sich nicht mehr austreiben. Ich bin das so leid, alles daran.

Ich parke direkt hinter dem Dickicht, das ist eigentlich verboten, aber um diese Uhrzeit, bei diesem Wetter ist das schon okay. Ich mache den Motor aus, ich ziehe die Handbremse an, ich schnalle mich ab und dann, weil Noah einfach weiter neben mir sitzt und nichts tut, auch ihn. So, sage ich, und ich muss laut sprechen, wegen des Prasselns auf der Frontscheibe, jetzt geh und schau nach. Noah sieht nach vorn, dann links zu mir, dann rechts zur Tür, und ich will noch sagen, du wirst eh nichts erkennen, lass uns einfach wieder …, da hat er schon die Tür geöffnet und ist mit ihr nach draußen gekippt, und ich denke, er fällt, fällt direkt neben den Wagen, aber das tut er nicht, weil bei Noah immer alles irgendwie gutgeht. Er steht auf dem schlammigen Boden und schaut kurz zu mir rein, als würde er auf mich warten, ich verschränke bloß die Arme. Ich bleibe hier, sage ich, aber da hat er schon die Tür zugeschlagen mit einem Knall, so laut, dass es zuckt in meinem Unterbauch.

Ich merke erst, dass das kleine Deckenlicht gebrannt hat, als es wieder ausgeht. Mein Pullover ist nass, aber kalt ist mir nicht, und es ist fast gemütlich hier drin, der Geruch des Mietwagens und draußen um mich der Regen und die Dunkelheit, die sich langsam daruntermischt. Ich sehe Noah vor dem Transporter den Pfad Richtung Wasser suchen. Er geht langsam, so, als würde er bei jedem Schritt an seine Füße denken. Er verschwindet zwischen den Sträuchern und dem hohen Gras am Ufer, nur sein helles Hemd blitzt dazwischen hervor. Als er nicht mehr zu sehen ist, lege ich den Kopf auf das Lenkrad und lasse die Arme links und rechts davon baumeln.

Ich höre das Surren der Stimmen, es ist, als wäre ich noch dort, aber dazu sehe ich jetzt Mugo auf dem Flachdach heute Nachmittag, wie sie ihre Beine kreuzt. Ich stelle mir auch Noah vor, wie er gerade auf dem schmalen Strandstreifen steht und auf den See schaut, wie er das dunkle Blau des Wassers fixiert und feststellt, dass er nichts, überhaupt nichts sehen kann, und ich denke, so ein Trottel, aber dann erinnere ich mich an das Gespräch vorhin und diesen ganzen erbarmungslosen Abend, und es kommt etwas nach oben, eine Ahnung, viel grundsätzlicher als jedes Gefühl davor.

Zuerst ist da noch etwas anderes. Ich nehme den Kopf wieder hoch und spähe durch die Büsche, ich erkenne nichts. Es ist komisch gerade: das Gefühl, ihn nie wieder anschauen zu wollen, weil ich seinen Anblick nicht ertrage, den Ausdruck in seinem Gesicht, den er überallhin mitnimmt, aber gleichzeitig das Bedürfnis, zu wissen, ob er noch dasteht, ein paar Meter weiter vorn, an der Uferlinie. Ich zwinge mich, ein paar Sekunden still zu sitzen. Ich hätte ja nicht einmal mitkommen müssen, ich bin nur der Fahrer, und was er jetzt dort macht, kann mir völlig ... aber ich halte es nicht lang aus und mache die Scheinwerfer an. Das Licht fällt in zwei dicken Kegeln in die Sträucher. Alles, was ich sehen kann, ist bloß noch mehr Gestrüpp und dahinter vereinzeltes Spiegeln, aber kein Hemd, keine Person, und ich denke, er steht sicher hinter diesem Baum, doch das reicht mir nicht, ich sehe nur die Regenfäden und den beschissenen Schlamm und die Pfützen, und ich versuche, stark zu bleiben, aber dann gebe ich auf und öffne die Autotür.

Der Regen ist so stark wie eben, ein unaufhörlicher Rhythmus, es ist, als hörte ich jeden einzelnen Aufprall auf jedem verdammten Blatt hier, und ich sage, fuck, scheiße, aber nur leise und zu mir selbst, als ich die Tür zuknalle – ich kann mich gut zusammenreißen, eigentlich. Ich bin so wütend auf Noah, dass er mich wieder in so einen

Dreck hineinzieht, immer nachts, ohne Vorwarnung, und immer läuft er voraus, und ich muss Acht geben, dass ihm nichts zustößt aus Versehen. Ich denke auch an den Speer und dass ich das hätte wissen müssen, vom ersten Moment an, als er abgebrochen ist von der Statue. Dass er Noah immer weiter piksen würde im Kopf, egal, wo er ist. Dass es nicht mal genug war, ihn hier zu versenken bis auf den Grund, weil er einfach immer, immer wieder hochkommen würde.

Ich laufe durch den Matsch, laufe am Rand des kleinen Pfades, um den Pfützen auszuweichen, und wenn ich besonders gut treffe, dann kommt ein schmatzender Ton unter meinem Schuh hervor. Ich versuche auch, den Ästen auszuweichen, aber das ist schwierig im beginnenden Dunkel; wenn mich einer trifft, ist er nass und glitschig und hinterlässt eine Schramme, und eigentlich bin ich nicht so, aber jeder Schmerzton stachelt mich an und spannt meinen Körper. Wenn es sein müsste, ich könnte jetzt einmal um die Grube rennen.

Die Äste verschwinden, die Sträucher werden niedriger, der Schlamm wird Kies; da ist das Ufer, direkt vor mir, alles ist ruhig. Jetzt passieren die Dinge in Zeitlupe: Ich schaue zur Seite, zur anderen Seite, meine Augen brauchen einen Moment in der letzten Dämmerung, aber ich sehe, es ist alles leer, niemand steht hier, vor allem nicht Noah, und er ist der Einzige jetzt, auf den es ankommt. Ich schaue aufs Wasser, das ganz krisselig ist von den vielen Tropfen, und überall sind Kreise, klein und konzentrisch, aber darauf achte ich gar nicht oder vielleicht nur kurz, denn alles, worauf ich achten kann, ist ein helles Hemd, das sich durch die Grube pflügt.

Ich sage erst nichts. Dann sage ich noch mal, scheiße, fuck, und dann schreie ich, schreie über die ganze Strecke, die zwischen uns liegt, seinen Namen. Meine Stimme hat eine riesige Reichweite, trotz des Prasselns, und ich bin sicher, dass er sich gleich umdreht, dass er zurückschaut und dann hierherkommt, ich kneife die Augen zusammen und warte, aber nichts passiert, er schwimmt einfach weiter. Und gerade, als noch mal ein Schub Wut in mir nach oben kommt, bemerke ich eine Veränderung; nichts Konkretes zunächst, aber dann weiß ich, was der Unterschied ist, nämlich, dass Noah aufgehört hat zu kraulen und nur noch im Wasser treibt.

Ich denke jetzt nicht mehr viel. Ich habe nicht einmal Zeit, mich darüber zu wundern. Ich spüre nicht den Wind, nicht die Feuchtigkeit auf meiner Haut, als ich mich ausziehe, nicht, wie die Oberfläche des Sees an meinen Beinen hochklettert, ich wate nicht hinein wie sonst, ich lasse mich einfach nach vorn fallen und fange an zu kraulen, so schnell es geht. Es ist dunkel, und ich verliere die Richtung, aber Noah treibt weiß vor mir her, und ich schwimme, immer weiter. Ich denke nicht daran, dass hierzu eigentlich meine Kraft nicht reicht, dass ich ein langsamer Schwimmer bin, dass ich nie einen verfickten Rettungsschein gemacht habe, ich stülpe einfach all meine Energie nach außen und wandle sie um in Armzüge. Ich konzentriere mich aufs Atmen und darauf, nicht daran zu denken, ich könnte zu spät sein.

Ich hebe den Kopf aus dem Wasser zum Luftholen, und er ist plötzlich ganz nah, er treibt dort, das Gesicht nach unten, ich kann seinen Rücken sehen, die nassen Haare, ich denke an das Leichenbündel vor ein paar Tagen, ich denke, fuck, fuck, und dann mache ich die letzten zwei Züge und reiße an seiner Schulter, und dann nimmt Noah den Kopf nach oben und atmet laut ein dabei.

Was machst du hier?, fragt er und rudert auf der Stelle, und dann: Von hier kann man auch echt nichts sehen, ich hab versucht, irgendwie zu schnorcheln, aber das geht nicht so gut ohne ... Weiter kommt er nicht, denn da bricht es aus mir heraus, die Angst, die Anstrengung der letzten fünfzig Meter, und ich kralle mich an seinem Kragen fest und sage, spinnst du?, und noch mal, spinnst du?, und darauf schaut er so überrascht, so ratlos, dass ich nicht anders kann, als ihn unter Wasser zu drücken mit meinem ganzen Gewicht. Kurz ist nichts zu hören, aber dann ein Gurgeln, ein Fuchteln der Beine, zerplatzende Luftblasen, und er befreit sich aus meinem Griff, fast ohne Mühe. Er spuckt und schwimmt ein Stück weg von mir, hastig, und jetzt ist er es, der schreit, und dabei scheint er wieder völlig nüchtern; er schreit: Was soll das, Mann? Willst du mich umbringen?, und ich versuche ihn zu schlagen, mitten ins Gesicht, aber es gibt nur ein Spritzen, und ich schreie zurück, ich wollte dich retten, ich dachte, du stirbst, ich dachte, du bist schon tot, scheiße.

Noah fragt, was ist dein verdammtes Problem?, und da reicht es mir, ein Gefühl wie ein Gummiband, das reißt und zurückschnellt, und ich stürze noch einmal vor, mein

Gewicht auf seinen Schultern, und drücke und schreie, fick dich, du Wichser, fick dich, und Noah schlägt zurück und trifft mich in der Magengrube, aber nur leicht, denn da ist so viel Wasser dazwischen, das uns bremst, und während alldem paddeln wir immerzu mit den Füßen, und ich höre nicht auf, als Noah sagt, aufhören, lass uns aufhören, und darum nimmt er mich in den Schwitzkasten schließlich, und ich fange an zu weinen.

Ich höre auf zu paddeln und lasse mich halten, und ich höre ihn sagen, was ist los mit dir, Martin, was soll das?, und: Kannst du schwimmen? Kannst du selber schwimmen, bitte? Ich kann dich nicht so lange halten, und da fahre ich mir mit den nassen Händen einmal über die Augen, über Stirn und Nase, und stoße mich von ihm ab. Ich huste und fange wieder an zu rudern, ich bin wieder da. Weiter hinten kann ich die Bäume am Ufer erkennen, obwohl es ganz dunkel ist mittlerweile, und ich versuche, ruhig zu atmen und nicht auf das Klemmen im Brustkorb zu achten und das Ziehen in den Seiten, und schwimme wieder zurück.

Ich bin langsamer als Noah, natürlich, er holt mich ein mit ein paar Zügen. Er ist viel leiser als ich im Wasser, mit weniger Widerstand, und obwohl ich nach vorn sehe, weiß ich, er schaut mich an von der Seite. Was war das?, fragt er noch mal, aber dann gibt er auf und bleibt stumm neben mir, ganz dicht, ganz nah. Der Regen hat aufgehört, es ist kühler und leise um die Grube, man hört nur ein Motorrad entfernt auf der Landstraße. Als ich mit den Zehen die Kante im Kies ertaste, höre ich auf, die Arme zu bewegen.

Ich stelle mich hin und gehe die letzten Meter, langsam wegen des Gegendrucks. Mit jedem Zentimeter kommt die Schwere zurück, und ich will nur zu meinen Sachen und sie aufheben und anziehen, aber einmal an der Luft, einmal an Land und nach unten gebeugt, knicken meine Beine einfach ein, und ich lasse mich in den Haufen aus nasser Kleidung fallen wie in ein Nest, für mich gemacht. Ich höre Noah aus dem See kommen, aber ich schaue nicht hin, erst, als er sich neben mich hockt und ich seine Lederschuhe sehen kann, vollgesogen neben mir im Kies, drehe ich mich auf den Rücken und stoße seine Hand weg, die auf meinem Kopf liegt.

Du hast deine Schuhe angelassen, sage ich nur, obwohl nichts weniger eine Rolle spielt, aber etwas anderes kriege ich noch nicht in Worte ... Ich sage: Du bist so ein Vollidiot, wer lässt denn bei sowas seine Schuhe an? Und er sagt, du weißt doch, im Dunkeln werden meine Gedanken immer so irrational, und ich denke, oder nein, ich sage: Im Dunkeln, klar. Er will mich noch mal berühren, aber ich springe auf, ich brauche Abstand, immer weg von ihm, ich weiß nicht, wohin, und darum stehe ich einen Meter neben dem Kleiderhaufen mit meinen Armen um den Körper. Ich weiß auch nicht, wohin schauen, darum schaue ich nach oben, aber da ist nichts: keine Sterne, kein Halbmond, nicht einmal ein Flugzeug, nur Schwarz.

Du frierst, sagt Noah, steht auf und kommt auf mich zu, und erst jetzt merke ich, wie meine Zähne aufeinander klirren, und Noah sagt, du musst dir was anziehen, ganz sanft, und ich zeige auf den Kleiderhaufen zwischen uns und sage, das würde ich, wenn hier nicht alles scheißnass wäre, weil wir nachts bei Regen in einen verschissenen See gegangen sind. Du hättest ja nicht ..., sagt er da; ich will das nicht hören, dass er nichts versteht, nicht einmal mich, obwohl ich alles für ihn tue, ich sage, ich dachte, du bist tot. Noah sagt, ich war superdicht, und ich hab gedacht, das wär eine gute Idee, da mal reinzugehen und von oben zu schauen, weißt du, das Wasser ist doch ganz klar hier, wie Korallenriffe, so im Draufblick. Wie blöd bist du?, frage ich, jetzt im Ernst, wie blöd bist denn du? Warum bist du nicht längst gestorben? Noah sagt, du übertreibst, du traust dich nur nie irgendwas, nicht mal Bungeejumping, und ich sage, fuck, warum sollte ich, seit Jahrtausenden versuchen die Menschen einfach nur zu überleben, warum sollte ich mich jetzt von einer Brücke stürzen oder in einen See gehen bei Nacht, bei Gewitter? Das war nur noch Regen, sagt Noah. Er tritt auf der Stelle, verschämt beinahe.

Ich schaue ihn genau an, die Brust hebt sich im Takt, die nasse Jeans an seinen Beinen, aber sein Gesicht ist immer noch ganz blank und ohne Einsicht, und da erinnere ich mich an das Gefühl von eben, das von unten kam aus der Tiefe, wie ein Ungeheuer, es kommt wieder und faltet sich auf.

Komm, wir fahren zurück, sagt Noah jetzt. Ich sage, ich will da nicht wieder hin, und er fragt, warum? Fragt das wirklich, nach alldem, und sagt, ich habe noch gar nichts gegessen. Das ist der letzte Satz. Dann merke ich, dass ich es nicht mehr halten kann, und es bricht aus mir heraus. Ich werfe die Arme hoch und lasse sie fallen, und dabei spüre ich, wie meine Stimme sich formiert, ich rufe, du verstehst überhaupt nichts, du hast keine Ahnung, und dabei trete ich so fest auf den Boden, dass es schmerzt und die kleinen Steinchen spritzen. Wovon denn?, fragt Noah und macht einen Schritt auf mich zu, als wollte er mich verstehen, aber das ist falsch, so falsch. Ich sage, du kriegst nichts mit von der ganzen Scheiße, du hast einfach kein Gefühl für sowas.

Wovon sprichst du?, fragt Noah, und jetzt schreit er auch. Ich sage: Dieses Leben hier, das ist so traurig, aber auch so verlogen, es geht immer nur um Äußeres, und sie merken davon nichts, so wie du, und so kann sich doch nichts ändern, es wird immer diese Kluft geben, diese entsetzliche ... Was willst du von mir?, fragt er, und es ist genau das, was mich antreibt gerade, dieses Unverständnis. Da ist doch nichts dabei, wenn ich mal eine Auszeit brauche von München und von diesen abgefuckten Filmleuten, und offensichtlich scheint mich da ja niemand zu vermissen ..., dann ist es doch okay, wenn ich nach Hause komme und mit meinen Eltern einfach ein Stück Grillfleisch auf der Terrasse essen will, einfach nur dasitzen, weißt du? Während er das sagt, wird er leiser und kommt wieder näher zu mir, aber ich spüre, wie schnell mein Herz noch schlägt und nicht aufhört damit, und ich merke, dass ich ihm alles sagen muss, was in mir ist, dass ich mich ausleeren muss vor seinen Füßen, wenn ich nicht platzen will.

Du denkst bei allem nur an dich, sage ich, ruhiger auch, aber immer noch voller Enttäuschung. Ich wende mich ab mit dem Oberkörper, damit es nicht aussieht, als würden wir aufeinander zugehen. Was?, fragt er. Ja, sage ich. In jeder Sekunde, in jedem Moment, immer nur du. Das ist dir wichtig, dass du jetzt gleich noch ein Steak isst in euren schicken Gartenmöbeln, und da könnte ringsherum alles untergehen, das wär dir egal. Du bist genau wie die anderen, und darum funktioniert hier nichts. Mugo hatte immer recht damit.

Noah lacht jetzt, aber kein ehrliches Lachen. Es ist mehr ein Marker, ein Signal für das, was jetzt kommt, ein Lachen, nach dem Menschen Sachen sagen wie, alles klar, oder, jetzt bin ich mal gespannt, und eigentlich ganz verknäult sind vor Wut. Noah sagt, so ist das also, und dann: Das ist krank, wie du an ihr hängst, merkst du das? Mein Kopf fühlt sich an wie ein Hohlraum, keine Luft, kein Sauerstoff. Sie ist die Einzige, die das alles verstanden hat, antworte ich, und während ich das sage, wird mir bewusst, wie wahr das ist. Sie hat mir alles gezeigt, sage ich. Ich hab nur wegen ihr hier alles überstanden. Noah lacht noch mal, und diesmal klingt es so bitter, dass es sich anfühlt wie lauter kleine Kratzer auf der Haut. Was musstest du denn überstehen? Niemand hatte eine bessere Kindheit als du, als wir.

Es ist immer das Gleiche, er kann es nicht begreifen, er wird es nie begreifen, es ist sinnlos. Ich knie mich hin und klaube meine Kleidung zusammen, der Stoff ist nass und kalt und erinnert mich daran, dass ich nur Boxershorts trage. Ich sage, es ist genau das. Dass es allen anderen viel schlechter geht, und jeder hier ist so träge, deine Eltern, meine Eltern … Noah atmet aus und dreht sich weg; die Hände in den Hüften, schaut er mich dann wieder an und schüttelt den Kopf, er hört gar nicht wieder auf damit. Die versuchen doch auch nur irgendwie glücklich zu sein, Martin.

Ich sehe das Straucheln von heute vor mir, früher an diesem Abend, wie seine Mutter zu Boden geht und auf einen Punkt starrt. Ich sage: Siehst du ja an deiner Mutter, wie gut das klappt. Das ist, weil sie immer nur an sich selbst denken, und das ist gleichzeitig das Bequemste und das Anstrengendste der Welt. Immer noch ein Auto und noch eine Grillparty, die bauen sich da ein Konstrukt, aus dem sie nicht mehr alleine rauskommen, und die würden dir nie verzeihen, wenn du jetzt aufhören würdest mit dieser Filmsache, weil es dich fertigmacht ... Das weißt du doch gar nicht!, schreit Noah da, und in seiner Wut schlägt er die Hände vors Gesicht und geht einen kleinen Halbkreis um mich herum. Als er sein Gesicht wieder aufdeckt, sieht er so wach aus, dass es mich erschreckt, fast. Es ist jetzt alles voller Bewusstsein, als er sagt: Wir sind dir einfach nicht genug, waren wir nie. Und wie er das sagt, klingt jede Silbe so schwer von einer Traurigkeit, die ich kaum fassen kann, und ich will den Arm um seinen nassen Körper legen und etwas sagen, voller Zuneigung, aber dann fügt er hinzu: Mann, du kannst doch nicht deine ganze Herkunft verleugnen, nur weil sie dich noch mal gefickt hat.

Das bringt alles zurück, den Hass, die Unruhe von innen, die Gewissheit, dass es einfach nicht weitergeht mit uns, nicht weiter als bis hierher. Ich spüre: diese Grube, dieser Strand, die Geräusche einzelner Tropfen, die von irgendwo herunterfallen, das ist das Ende. Ich sage: Mugo ist die Einzige, die mich ernstgenommen hat. Das sagst du nur, weil du halt verliebt warst, das ist Jahre her. Jeder ist verliebt mit sechzehn, sagt er mit einer Leichtigkeit, die alles besiegelt, was ich gedacht habe vorher. Noah sagt auch: Ich hab dich ernstgenommen, oder? Wir waren doch immer zusammen. Ich sage: Ich hab alles für dich gemacht, diese ganze Zeit, und du siehst nichts davon, du verstehst nicht einmal, wenn ich Angst habe, dass du stirbst, besoffen im Wasser, also erzähl mir keine Scheiße.

Noah ist jetzt ruhig, er schaut auf den See, und dabei steckt er seine Hände in seine durchnässten Hosentaschen. Aber die Sache mit dem Speer, sagt er, das haben wir doch auch zusammen ... Jetzt schnaube ich und lache, obwohl ich es nicht so meine, und dabei fische ich den Autoschlüssel aus der Hosentasche meiner Shorts. Ich kann das nicht mehr hören, Noah, sage ich. Das ist absurd. Hast du nie mal darüber nachgedacht, dass du den Leuten egal bist?

Jetzt sehen wir uns an, und da ist etwas in seinen Augen, das könnte Erkenntnis sein, aber vielleicht ist es auch dieser Zeitraffer auf der inneren Leinwand, von dem alle erzählen, die irgendwo runtergefallen sind. Denn so ist es bei mir: Ich schaue ihn an, aber eigentlich sehe ich ihn, wie er vor zehn Jahren war, oder vor fünfzehn. Noah und ich auf einer Hüpfburg vor dem Baumarkt, Noah und ich in einer Hütte aus Paletten, in seinem Zimmer auf dem Hochbett, und draußen rauschen die Folien auf den Feldern. Ich mache die Augen kurz zu. Dann sage ich, ich werde jetzt das Auto nehmen. Noah sagt, mach, was du willst. Ich frage nicht, ob er mitkommt, denn das könnte ich nicht ertragen: stumm nebeneinander zu sitzen und zu denken, da war einmal was, und jetzt ist es fort. Ich überlege, meine Sachen anzuziehen, aber das würde es nicht besser machen, darum drücke ich das Bündel fester an mich und gehe den Pfad zurück durch die Sträucher zum Auto. Noah folgt mir nicht, er steht gerade und bewegungslos an einer Stelle und dreht sich nicht um.

Meine Füße sind verschlammt, als ich beim Auto ankomme, aber mir ist alles egal gerade: Das ist nicht mein Auto, und überhaupt, das ist alles nicht meine Schuld, und darum kann ich jetzt auch mit schmutzigen Füßen einen gemieteten Transporter fahren. Ich mache den Motor an, dann das Licht, dann fahre ich den Pfad zurück zur Straße, und gerade als ich abbiege, um nach Hause zu fahren, um das Auto in der Kurve mit den Thujahecken abzustellen, um in Boxershorts nach Hause zu gehen und dort meine Eltern zu treffen, womöglich, bremse ich ab, weil mir auffällt, dass mich das alles unerbittlich anwidern würde. Ich denke, ich kann das nicht, und darum beschleunige ich wieder auf der nassen Straße und fahre zur Tankstelle, weil das der einzige Ort ist, wo ich jetzt hingehöre.

9

Meine Oberschenkel kleben am Leder der Sitze, der Dreck an meinen Füßen ist verkrustet, aber ich bin auf der Straße. Ich kann bloß denken, sie hatte recht mit allem, immer schon, wie konnte ich so lange ohne sie … Ich würde alles tun, damit sie mir verzeiht und mich zurücknimmt, ich muss ihr bloß erklären, dass ich jetzt alles verstanden habe, endlich alles verstanden habe. So in der Dunkelheit, vor mir die Motorhaube und weiter vorn der Asphalt, da kommt sie mir vor wie eine Seherin, ein Orakel, und die Tanke ist ihr Tempel, außerhalb des Ortes wie in der Antike. Sie weiß immer schon alles vorher, und ich brauche dafür Monate, Jahre. Aber jetzt endlich …

Ich setze den Blinker, ohne mich umzuschauen, ich parke einfach schräg vor der Schiebetür, ich stürze aus dem Auto und betrete die Tanke, ohne abzuschließen. Ich will ihr alles sagen, alles Versäumte, Verschluckte, lang Vergessene, und diese Hast, die Eile ist wie Letzter sein beim Staffellauf: Jetzt liegt es an mir. Ich sprinte also durch die Tür, aber innen spüre ich, dass etwas falsch ist, dass etwas schiefläuft gerade, und es reicht ein Blick hinter den Schalter, und alles fühlt sich anders an. Das ist nicht Mugo, sondern eine fremde Frau, und davor noch eine, die eine Tankfüllung bezahlt, wahrscheinlich. Die eine ist Mitte fünfzig und hat eine Haut aus Leder, die andere ist halb so alt und presst ihren Funktionsrucksack an sich.

Ich bleibe stehen im Mittelgang, ich weiß überhaupt nicht, was sagen, und mir fällt wieder ein, ich bin nackt bis auf die Boxershorts. Die beiden Frauen starren mich an, niemand spricht, da ist nur das Summen der Kühlschränke. Kurz bleibt alles so, dann hebt die Frau hinter dem Schalter die Hände, aber unschlüssig, wie zur Probe, als sei sie nicht sicher, ob das die richtige Reaktion ist. Ach so, sage ich, nein, also, ich dachte, Mugo hätte jetzt Schicht. Die Frau nimmt die Hände runter, und es ist kurz allen sehr peinlich.

Jetzt löst sich auch die vordere Frau aus ihrer Starre, aber ihren Rucksack hält sie weiter fest. Wer?, fragt die Verkäuferin. Maria, sagte ich. Ah, na ja, die müsste bald kommen, sagt sie darauf mit einer Stimme, der man ein Räuspern wünscht. Ist ja erst halb zwölf, um zwölf bin ich hier weg, und dabei schaut sie auf einen Punkt hinter mir. Ich drehe mich um, aber da hängt keine Uhr, und deshalb drehe ich mich zurück und verschränke die Finger ineinander. Okay, sage ich, und: danke. Dann deute ich eine Verbeugung an, das ist merkwürdig, aber ich weiß nicht, wohin sonst mit meinen Gliedern. Die Frauen nicken, und ich verlasse den Laden, so schnell es geht.

Damit hätte ich rechnen müssen, dass da auch noch jemand anders arbeitet, aber das ist wie in Filmen, wo jeder nur einen Freund hat: Es kommen einfach keine anderen Menschen vor. Ich steige also in den Wagen, ich setze mich zurück auf die nassen Abdrücke, die ich hinterlassen habe, und fahre wieder auf die Landstraße. Ohne zu denken, zuerst, aber das geht nur ein paar Meter, und dann fällt mir ein, dass ich jetzt einen Plan brauche, um sie zu treffen. Ich könnte vor der Tanke warten, aber ich fürchte, dass die Verkäuferin im Laden dann die Bullen ruft. Ich könnte zu ihr nach Hause fahren, aber bestimmt ist ihre Mutter da oder ihre Schwester und im schlimmsten Fall nicht sie selbst; sie war eigentlich nie viel daheim. Als ich die rote Brücke erreiche, bleibe ich kurz davor neben der Spur stehen. Hier muss sie auf jeden Fall drüber, denn dahinter ist alles, was wichtig ist für sie, und in der anderen Richtung gibt es nichts, wo sie freiwillig hingeht, denn da wohnen wir.

Ich erinnere mich, wie oft wir hier saßen, mit den Beinen zwischen den gerosteten Stäben. Kommst du mit?, hat Mugo dann gefragt. Ich muss mal auf etwas mit Weite schauen. Sie hatte damals schon eine Sicht auf die Dinge, dafür hab ich noch ewig gebraucht. Ich mache den Motor aus, und gerade, als ich mir überlege, was ich tun will, wenn sie wirklich vorbeifährt, da höre ich etwas, das klingt nach ihrem Roller, dasselbe Röhren, dasselbe Schaben zwischen den Gängen, und sie ist tatsächlich schon auf der Brücke, so schnell, das sind bestimmt dreißig Euro, wenn sie geblitzt wird. Ich wende, als sie an mir vorbeifährt, und versuche zu beschleunigen, sobald es irgendwie geht, um sie einzuholen.

Sie ist schnell, aber ich gebe mir Mühe, ich will es unbedingt. Ich drücke mit den Füßen und schalte, ich muss sie sehen, ich muss sie sprechen. Ich bin jetzt hinter ihr, sicher merkt sie etwas, denn ich fahre ganz dicht ran, und im letzten Moment schere ich aus und fahre neben ihr auf der Gegenspur. Ich rufe: Mugo, aber ich habe vergessen, die Fenster zu öffnen, und es ist so dunkel, sie sieht mich nicht, und daher bleibt mir nichts übrig, als sie zu überholen und sie auszubremsen, denn sie muss ja stehen bleiben, sie muss sofort stehen bleiben. Ich fahre noch schneller und dann zurück auf die rechte Spur, ich platziere mich direkt vor ihr, ganz knapp. Dann bremse ich.

Mugo bremst auch. Sie hupt, dann schreit sie irgendetwas, aber ich kann sie nicht hören, ich sehe nur ihren schönen Mund unter ihrem Helm im Rückspiegel. Die Straße ist leer, da sind bloß wir, und darum kann ich jetzt anhalten und die Fenster runterkurbeln. Mugo ist geschickt, sie fährt direkt wieder an, und im Vorbeifahren schlägt sie auf die Seitentür des Transporters und ruft ein Wort oder zwei. Ich strecke den Arm aus und schreie ihren Namen, zweimal, dreimal, und sie ist schon fast vorbei, da wird sie plötzlich langsamer, schaut zurück und hält an. Überall auf der Straße sind Blätter, losgerissen von den Bäumen, und ein großer Ast liegt im Gras daneben. Der Asphalt reflektiert die Straßenlaternen, aber nur schwach und grobkörnig, die Fahrbahn ist fast wieder trocken.

Mugo macht den Motor aus, Mugo nimmt den Helm ab, sie schüttelt ihre Haare oder vielleicht auch ihren Kopf vor Fassungslosigkeit. Dann dreht sie sich um. Bist du bescheuert?, fragt sie, laut, aber ohne zu schreien, denn ihre Stimme war immer schon die kräftigste von allen. Sie sieht mich an, direkt durch die Frontscheibe, und alles an ihr ist so perfekt in diesem Moment, ihr rundes Gesicht, der Winkel, in dem sie ihr Bein auf dem Trittbrett abstellt – ich will sie überall berühren, jede Falte ihres Körpers, dort, wo die Haut um die Kurve geht, aber davon bin ich weit entfernt.

Ich sage ihren Namen, noch mal, und will aus dem Auto steigen. Mugo sagt, nein, also, bist du jetzt völlig … Das ist eine Vorfahrtsstraße hier und du stehst mitten auf der Fahrbahn im Dunkeln. Ich sage, dass mir das egal ist, selbst, wenn hier alles zerbirst und alle Teile …, aber Mugo sagt bloß, halt den Mund, Martin, fahr jetzt hier weg.

Ich lasse den Motor an, dann fahre ich ein paar Meter rückwärts, und weil hier nichts ist, wo man parken könnte, halte ich einfach rechts auf dem Grünstreifen. Daneben ist ein Feld mit Fenchel, und ich kann nicht viel erkennen, aber ich spüre, dass alles weich und schwammig ist und die Reifen tief einsacken in die Erde. Als ich aussteige, schiebt Mugo ihren Roller auf mich zu, und ich habe kaum Zeit, mich an die Wörter zu erinnern, die ich mir merken wollte für diesen Moment. Es war eben ganz leicht auf der Fahrt, und in meinem Kopf waren meine Sätze alle schon ausgewählt. Ich hatte das Gefühl, das wird eine Szene mit Hintergrund und Musik, aber jetzt bockt Mugo ihren Roller auf, und das macht sie mit so viel Kraft und Entschlossenheit, dass ich nur denken kann: Egal, was ich jetzt sage, es muss richtig gut werden.

Mugo sagt, wirklich, gings nicht noch irgendwie dramatischer?, und dabei macht sie ein paar Schritte auf mich zu. Ich muss mit dir reden, antworte ich. Ich weiß nicht, wie ich mir das vorgestellt habe, obwohl, eigentlich weiß ich das schon, mit glänzenden Augen nämlich und viel Haut, denn das ist so etwas wie das Finale hier. Aber als ich sage, du musst mir jetzt zuhören, stützt sie sich auf ihre Oberschenkel und seufzt; sie kommt wieder hoch und sieht mich an. Verrätst du mir vorher, warum du nichts anhast? Das hängt damit zusammen, sage ich, es hängt alles zusammen, aber das ist nicht wichtig, das mit den Klamotten. Okay, sagt sie, fünf Minuten, ich muss gleich arbeiten. Gut, sage ich, obwohl ich denke, wie soll ich das schaffen, alles in fünf lächerliche Minuten zu pressen? Allein, was eben passiert ist, und dann noch alles, was ich aus meinen inneren Ecken gekehrt habe.

Ich versuche, mich zu ordnen, die Dinge zu komprimieren, immer in dem Wissen, das muss sofort passieren, jetzt gleich, und als Mugo mich fragt, was ist denn los?, da sage ich ihr einfach, was die Essenz von allem ist, die Erkenntnis, ich sage: Du hattest recht, Mugo. Ach ja?, fragt sie. Ja, sage ich, mit allem. Sie legt den Kopf schief, aber schaut mir in die Augen dabei. Was meinst du? Es ist genau, was ich gefürchtet habe, dass sie mich nicht versteht, obwohl mir die Dinge doch so klar sind. Immer, wenn ich eine Ordnung brauche, dann denke ich an etwas mit Struktur, an die Maserung meiner Arbeitsplatte in der Küche oder ein Handtuch mit Waffelmuster, wenn man es genau anschaut, aber jetzt hilft es nicht.

Ich sage, Noah, und sie sagt, klar, Noah, und dreht sich weg, und ich füge schnell hinzu, ja, das habe ich jetzt verstanden. Mugo hält inne. Was hast du jetzt verstanden?, fragt sie, und dabei blickt sie mich so scharfsinnig an, dass ich fürchte, irgendwo ist ein Fehler, schon wieder ein Fehler. Na ja, sage ich, ich war heute auf dieser Feier, und alles dort war so, wie du es gesagt hast. Und Noah hat das nicht gemerkt, überhaupt nicht, und da habe ich gespürt, wie mich das alles anwidert, wie die Leute da reden und wie sie sind miteinander, und ich habe gespürt, dass ich nicht so sein will und dass ich das auch nie wollte, und Noah versteht das nicht, er sieht es gar nicht, und vorhin, da war er wie ein fremder Mensch für mich.

Ich will noch weiterreden, ich will die Dinge benennen, denn das fühlt sich gut an und mächtig, als würde plötzlich alles real werden, aber da macht Mugo noch ein paar Schritte und lehnt sich an den Transporter. Sie presst ihren Rücken dagegen und ihren Kopf, und dabei schließt sie die Augen. Was ist mit ihr?, denke ich, und dann fürchte ich, dass sie mir nicht folgen konnte, und ich schiebe schnell noch etwas hinterher. Weißt du, wie die da alle leben, mit ihren schicken Autos und den Carports und den riesigen Hecken und wie unglücklich sie sind dahinter, ich hatte ganz vergessen, wie schlimm ich das finde, wie krank mich das macht. Und weißt du, ich musste daran denken, wie du immer gesagt hast, wenn diese Leute nicht so träge wären alle, wenn sie bessere Menschen wären und nicht nur in ihren fetten Häusern sitzen würden, dann könnte auch alles besser werden.

Ich sehe Mugo an, während ich rede, denn ich warte auf den Augenblick, in dem sich alles löst in ihrem Gesicht, in dem wir wieder Verbündete sind, aber sie fährt sich bloß durch die Haare, verhakt ihre Hände darin. Mehr, denke ich, mehr und besser, und darum fange ich noch einmal an. Und Noah, sage ich, und dabei bin ich ganz eindringlich, der ist einfach ein Teil davon, und darum muss das aufhören, er ist nicht mein Freund, ich weiß nicht einmal, ob er das je war, er ist einfach nur ...

Und da dreht Mugo sich um und bollert mit den Fäusten gegen das Blech des Transporters. Hör auf damit, hör auf, sagt sie, sei still jetzt, ich will das nicht hören. Ich atme ein, ich atme aus, ich brauche Haltung, stehen bleiben, mit beiden Füßen auf dem schwammigen Boden. Ich versuche, nicht aus der Fassung zu geraten, aber das ist schwer, so schwer. Ich schaue sie an, ihr Gesicht im Profil, die Stirn an der Autowand. Ich sage, das hast du doch selbst gesagt. Ja, sagt sie, und dabei knüllt sie ihre Finger immer noch zusammen, obwohl die Hände wieder herabhängen, aber das ist lange her. Ja, und ich habe bis jetzt gebraucht, bis ich es wirklich ... Bis du es verstanden hast? Genau, sage ich. Ich habe mich immer so an ihn geklammert, dabei ist er so, wie ich nie sein wollte, und die Zeit in München ... weißt du, ich wollte immer wie du sein, eigentlich, und dann ist so eine Freundschaft völlig unmöglich.

Mugo lacht, heller, aber genauso unehrlich wie Noah vorhin an der Grube. Ach Martin, du hast doch keine Ahnung. Du wolltest sein wie ich? Will ich immer noch, antworte ich, und dabei versuche ich, sicher zu klingen, so, als hätte ich lang darüber nachgedacht, aber eigentlich spüre ich bloß meine Nervenenden in jedem Körperteil, sie flirren in mir, unablässig, sie hören gar nicht mehr auf.

Was meinst du überhaupt?, fragt Mugo und schaut

mich an, aber dann ist da ein Ton in ihrem Rucksack am Boden, viele Töne hintereinander, und sie kramt nach ihrem Handy, sie drückt eine Taste, es ist wieder ruhig. Ich muss gleich los, sagt sie heiser, als wollte sie eigentlich nicht.

Sie darf nicht gehen, denn es ist dieses unumstößliche Gefühl: Wenn sie jetzt davonfährt, wenn sie jetzt in ihren Rucksack schlüpft, den Helm aufhebt und davonfährt, dann kommt sie nicht mehr zurück, oder besser, dann kommen wir nie wieder an diesen Punkt, an dem wir jetzt sind, dann kann ich nie wieder ehrlich zu ihr sein. Ich stelle mir das vor, für immer schweigen zu müssen, und das ist, als würden alle meine Organe zerdrückt werden und dann vermengt miteinander, so gründlich, dass alles eine Masse wird.

Sie muss das wissen, denke ich, und mit dieser Verzweiflung in jeder Pore sage ich etwas, was ich sonst nicht sage eigentlich, ich sage, bitte, Mugo, und sie wirft ihr Handy zurück in den Rucksack, richtig mit Schwung, und sagt, was denn?, und ich sage, das ist, weil du alles verstanden hast, weil du die Welt geordnet hast, und du weißt, wo die Fehler sind bei allem. Du hast doch selber immer gesagt, man muss das System kennen, um die Bruchstellen ...

Aber ich habs doch gar nicht verstanden, ruft sie da und tritt vom Transporter weg, direkt vor mich. Wie naiv bist denn du?, fragt sie, ich meine, schau mich doch mal an: Ich bin ein bockiger Teenager, irgendwo hängengeblieben in der Vorstadt, und alles, was ich kann, ist über die Eltern deiner reichen Freunde herzuziehen. Sie steht jetzt so dicht vor mir, ich kann sämtliche Regungen ihres Gesichts sehen, jedes Zucken der Muskeln, jedes Zittern der Lider, und ich denke bloß, wer bist du, wer ist das vor mir?, und ich kann nur sagen, aber du warst doch in Wien.

Klar war ich in Wien, sagt sie, lächerliche sechs Monate, und seitdem bin ich wieder hier und weiß nicht, wohin. Aber doch nur noch ein paar Wochen, sage ich, denn das ist so etwas wie der letzte Strohhalm, den ich habe, ein letztes kleines Ästchen, bald bist du doch wieder weg. Wohin soll ich denn gehen, Martin?, fragt sie, und jetzt schreit sie wieder. Ich habe Schulden, ich habe kein Geld, ich bin vorbestraft, und überhaupt ... Ich warte, aber sie sagt nichts mehr, obwohl ich eine Erklärung brauche, dringend, sofort. Was denn?, frage ich und erwarte eine Antwort, einen Wutanfall, einen weiteren Schlag gegen das Auto, dass sie ihren Roller umkippt, meinetwegen. Aber nichts in dieser Art passiert.

Stattdessen setzt sie sich einfach hin, unten in den Schlamm, wirft ihren Rucksack von sich, das Geräusch, als er aufkommt, ist hohl und dunkel. Sie sagt, ich weiß nicht, was du dir vorgestellt hast, die große Erlösung oder so, den krönenden Abschluss; eine Aussprache, und dann ist alles klar, wie im Film. Aber sowas gibt es nicht, und wenn wir in einem Film wären, dann stünden wir jetzt oben auf der Brücke und die Sonne geht unter, das ganze Programm, aber so ist es nicht. Wir stehen hinter der Brücke, neben der Landstraße im Dreck, neben einem Gemüsefeld, und ich bin auch nicht die Person, für die du mich hältst. Sie sitzt da, auf der kleinen Erhebung, bevor es nach unten geht, die Andeutung eines Straßengrabens, ihre Hände stützt sie ungeniert im Morast ab, sodass er zwischen ihren Fingern hervorquillt. Ich überlege kurz, aber dann setze ich mich neben sie, es ist eh alles dreckig, eh alles egal.

Es ist nie so, wie es aussieht, sage ich jetzt, nachdem ich es zehnfach, hundertfach gedacht habe. Nein, sagt sie. Sie sagt es leise und schaut dabei zu Boden. Dann streckt sie die Hand aus und berührt meine Zehen, fährt langsam jeden einzelnen nach. Das ist wieder so eine Erinnerung. Deine Zehen sind eine Allee, hat sie früher gesagt, schau mal: wie kleine Stämme und oben die kugeligen Baumkronen. Jetzt sagt sie nichts, aber die Geschichten, die fürchterlichen Geschichten mit ihrer Bedeutung, sie sind zwischen uns, die ganze Zeit.

Es ist anders ab diesem Moment, ich spüre es, aber ich kann es nicht gleich verstehen. Sie ist ruhig, die wilde Wut ist verschwunden, und dennoch fühlt es sich an, als würden wir gleich eine Grenze passieren, bloß weiß ich nicht, welche.

Warum gehst du nicht zurück nach Wien?, frage ich. Es gibt doch immer eine Möglichkeit … Ich will da nicht noch mal hin, stößt sie hervor. Für eine Sekunde ist es, als würde ihre Stimme brechen bei der Hälfte des Satzes, ein Straucheln der Stimmbänder, und ich schaue schnell zu ihr rüber, um zu prüfen, ob sie weint, aber da ist nichts. Ich überlege, ob ich Mugo schon einmal habe weinen sehen, ich versuche mich zu erinnern, wirklich, doch da spricht sie schon weiter, sie sagt: Ich habe überhaupt nichts verstanden, nichts von dem, worauf es ankommt. Du hast mir alles beigebracht, sage ich. Einen Scheiß habe ich, sagt sie. Ihr Handy klingelt ein zweites Mal im Rucksack, sie zieht ihre Hände aus dem Schlamm mit einem napfenden Geräusch, aber dann stützt sie sich wieder ab und wartet, bis es aufhört.

Du bist so gutgläubig, sagt sie, du hast gedacht, ich bin die Mitte der Welt, schau dich mal an: Du denkst das immer noch. Wie sie das sagt, fühlt es sich an wie ein Schlag in den Nacken, und alle Berührungen, alle Gesten werden unvorstellbar im Nachhinein. Warum sagst du das?, frage ich. Es klingt nicht wie eine Frage, sondern nach unendlicher Traurigkeit, vielmehr. Mach dich nicht lächerlich, Martin. Du musst aufhören, mich so anzuhimmeln, ich meine, dafür gibt es keinen Grund.

Mit allem habe ich gerechnet, aber nicht damit. Ich denke, hör auf, hör auf, bitte, ich will das nicht hören, du bist alles, was ich je wollte, aber ich schaffe es nicht zu antworten, sie ist wieder schneller. Weißt du noch, als wir am Bahnhof saßen, früher, meine ich?, fragt Mugo. Klar, sage ich. Sie sagt, ich dachte, ich hätte alles einsortiert, ich dachte, ich wüsste, wer die Guten sind und wer die Bösen, und dann habe ich die Züge angeschaut und gedacht, ich muss hier nur irgendwie rauskommen und noch mehr von den Guten finden, und dann kann alles besser werden. Sie bricht ab, sie schüttelt den Kopf, über sich selbst vermutlich. Und dann? Dann Wien, antwortet sie. Und das war nicht gut?

Mugo atmet aus, schwer und mit Nachdruck, und dann nimmt sie die Hände vors Gesicht, ohne auf den Dreck zu achten, das war ihr immer schon egal. Sie atmet einmal tief in ihre Handflächen, in diesem Hohlraum muss jetzt alles nach ihr riechen. Ich stelle mir vor, dort drin zu sein, und alles wird warm von ihrem Atem. Sie nimmt die Hände wieder herunter, und ich kann sehen, dass auf ihrer Haut jetzt Erde ist, aber nicht wie im Kino immer nur auf den Wangenknochen. Sie hat sie überall, am Eingang ihres linken Nasenlochs, in der Falte über ihrem Auge, am Haaransatz, am Kinn.

Mugo sieht mich an. Ihr Mund ist schon offen, die Wörter schon im Hals, und jeder Teil meines Körpers ist verhärtet und gespannt, denn ich weiß, jetzt kommt etwas, und danach wird es anders sein. Sag es nicht, denke ich, die Dinge sollen so bleiben, wie sie sind, sags nicht und lach in mein Gesicht stattdessen, aber natürlich passiert es trotzdem. Sie sagt, ich dachte, es wird alles besser. Ich dachte, ich treffe Leute, und die denken so wie ich, und alles fühlt sich leicht an, und es gibt Pläne und Ideen und Struktur, solche Sachen. Sie schweigt wieder, so lang, dass ich etwas fragen muss. Wie war es denn?, frage ich. Mugo schnaubt als Antwort, schon wieder; scheiße war es, sagt sie, je mehr man drüber redet, desto komplizierter wird es, wusstest du das? Ja, wusste ich, antworte ich, aber sie hört gar nicht hin. Es ist überall noch eine Schraube und noch ein Rädchen, noch eine Hautschicht und noch ein Zwischenboden, es ist unmöglich, eine Lösung zu finden, es ist einfach unmöglich, und dabei lässt sie wieder den Kopf hängen, plötzlich ganz kraftlos.

Ihre Sätze hämmern in meinem Kopf; ich versuche das

zusammenzubringen mit dem, was sie war für mich, was sie immer noch ist, nie so deutlich wie eben, aber es lässt sich einfach nicht ineinanderhaken. Die Sicherheit, mit der ich hergekommen bin, Mugo als Orakel, als Richtwert für sämtliche Entscheidungen – das ist alles weg. Ich nehme einen letzten Anlauf. Aber du hast mir das gezeigt. Dass alles ein Puzzle ist, das hast du selbst gesagt, und alles ist nur ein Teil, und jeder hat eine Rolle, die er ausfüllt, ohne es zu merken. Ja ja ja, das stimmt auch, sagt sie, und dabei rubbelt sie über ihre Unterschenkel, immer schneller, wie im Wahn, aber das Problem ist, dass es unendlich viele Teile gibt, oder eigentlich gibt es unendlich viele Puzzles, und in jedes passt man an einer anderen Stelle rein.

Ich schweige, denn ich bin nicht sicher, ob ich ihr gerade folgen kann, aber ich fürchte, dass sie sich da in etwas reindenkt, wie sie da sitzt und ihre Beine reibt und den Boden fixiert mit ihrem dreckigen Gesicht, und deshalb lange ich vorsichtig zu ihr rüber, berühre ihre Arme, aber sie stößt mich weg. Nein, sagt sie, du musst aufhören damit. Womit denn? Du darfst mir nicht alles glauben, die Dinge, die ich gesagt habe, weißt du: Es gibt einfach keine Lösung, zumindest habe ich sie nicht gefunden, nicht in Wien und nicht im Internet und nicht in meinem Kopf, und darum weiß ich gar nicht, wo man anfangen sollte und was tun überhaupt.

Das wird langsam ziemlich viel und abstrakt, wie in der Kunst, wenn es nur Formen gibt und Farbstrudel, da kann ich meinem eigenen Urteil nicht mehr trauen, irgendwann. Ich sage, ich meine doch nur, dass du mit Noah recht hattest, diese Grillfeier heute und dieses ganze Haus ... Mugo hört auf zu rubbeln und streckt die Beine aus, bis die Waden den Schlamm berühren. Jetzt sitzt sie da wie ein Kind, und wir sehen uns an, endlich wieder; ihre Arme hängen, die Schultern sind krumm. Das ist doch auch alles nichts, sagt sie. Was? Dieser Bonzenhass. Aber du hast doch früher gesagt, Noahs Eltern, das ist ... Ja, aber dann war ich weg, und ich habe mit Leuten geredet und nachdenken müssen, und vielleicht lag ich einfach falsch.

So etwas hat sie noch nie gesagt, niemals, und ich habe auch nicht daran gedacht, dass das jemals der Fall sein würde. Es beginnt zu knirschen in mir, in jeder Nische meines Körpers, die Bauteile verschieben sich wie bei einem Erdrutsch, der Bewegung von Kontinentalplatten, und es wird alles in sich zusammenbrechen. Ich sage, aber der Grill, die Fensterfront mit dem Panorama ..., und Mugo sagt, ja, zu einem Teil, aber das ist nicht der Ursprung, es ist ja nicht dieses Haus, das alles kaputt macht, und auch nicht die Autos oder das Geld, es ist einfach unmöglich, die Quelle zu finden, weißt du, sie ist irgendwo verborgen.

Ich möchte Mugo anfassen, eine kleine Stelle würde mir reichen: eine Fingerkuppe oder einer ihrer rauen Ellbogen, nur ein bisschen Haut. Ich würde sie gern berühren, um sicher zu sein, dass sie noch da ist, denn gerade ist es, als würde sie sich auflösen.

Ich habe wirklich danach gesucht, sagt sie, und in der Stadt gibt es viele, die machen das Gleiche. Als ich kam, lag alles klar vor mir, aber mit jeder Woche in Wien ist es immer mehr verschwommen. Egal, was ich gedacht habe, es gab immer jemanden, der hatte schon mehr nachgedacht, und das Ergebnis war immer, dass es keins gibt. Bis jetzt hat sie nach unten geschaut, und ich konnte sehen, wie ihre Augäpfel unter ihren Lidern zuckten, aber jetzt sieht sie mich wieder direkt an. Dieses Gut und Böse, das geht überhaupt nicht auf, sagt sie nun. Dass es von allem immer nur zwei Seiten gibt, es gibt nämlich so viel dazwischen.

Die Person, mit der ich hier sitze, im Graben neben der Straße, das ist jemand anders; dieselbe Hülle, aber gefüllt mit Empfindungen, die da gar nicht reinpassen. Ich weiß nicht, was ich denken soll, über sie, über Noah, über alles, aber dennoch sage ich, Noah macht sich nie Gedanken, über nichts, und du hattest recht damit, dass wir gar nicht ..., und da kommt ein Stück ihrer Wut zurück, aber diesmal schnellt sie in die andere Richtung, gegen sie selbst. Sie sagt, ich will keine verdammte Yoko Ono sein zwischen euch. Das bist du nicht, sage ich, vielleicht zu schnell.

Mugo steht jetzt auf. Ihr Gesicht ist voller Schmutz, ihre Beine, die Rückseite ihrer Jeans. Sie streift die Handflächen an ihren Oberschenkeln ab, ihre Finger ziehen braune Linien, dann nimmt sie den Rucksack hoch. Sie sagt, wenn ich ehrlich zu mir bin, dann bin ich darum auch noch hier: weil es hier wieder leicht ist, hier gibt es die Bösen, und ich bin bei den Guten, und es ist niemand da, der es kompliziert macht. Ich sage nichts, sondern weiche ein Stück zurück mit ein paar Schritten, ich brauche Abstand, Überblick, Draufsicht. Ich stehe im Graben, gleich hinter dem Transporter, und schaue Mugo dabei zu, wie sie zurück zu ihrem Roller geht, ihn anlässt und sich draufsetzt. Sie schaut noch einmal zurück zu mir, und kurz sieht es so aus, als würde sie noch etwas sagen, aber es ist nie so, wie es …, und darum fährt sie einfach los ohne einen Satz, denn es ist ja alles gesagt worden; es ist, als wären gar keine Wörter mehr übrig.

Das Geräusch des Motors wird leiser, aber es verschwindet nicht ganz, es hallt in meinem Kopf wie ein Echo: Auch als nichts mehr zu hören ist, bleibt der Ton darin gefangen. Ich erinnere mich, wie ich in München mal auf die Straße gelaufen bin, ohne mich umzusehen, ohne zu warten, direkt vor ein Auto. Das Auto hat gebremst und die Autos dahinter auch, und hinter den Frontscheiben schüttelten die Menschen ihre Fäuste, aber dann ging es schnell weiter. Ich stand am Straßenrand, die Füße still, überall das Hämmern des Pulses, mit dem Wissen: Es ist etwas passiert. Ich konnte nicht sagen, was, es war mehr ein Gefühl dafür, eine Linie, fast überschritten, allgegenwärtig in jeder Faser.

Daran denke ich jetzt, während ich in der Dunkelheit stehe, das orange Licht der Laternen im Nacken. Es ist plötzlich so hässlich hier, die Brücke, der brüchige Straßenbelag, die Beschilderung aus Blech an der nächsten Kreuzung. Oft kann ich etwas finden in den hässlichen Dingen. Vor meinem Fenster in München sind die grauen Seile der Trambahn gespannt, und ich dachte erst, ich gewöhne mich nie an diese Schnüre in jeder Aussicht, aber dann kamen der Winter und das Eis, und dann gab es Funken, jedes Mal, wenn eine Tram vorbeifuhr, wie ein kleines Feuerwerk für mich allein.

Jetzt ist es anders, jetzt kann ich hier nichts anschauen,

ich fühle mich stumpf, eigentlich bin ich gar nicht mehr da. Ich stolpere zurück zum Auto und lasse mich hineinfallen. Meine Kleider liegen noch immer als nasser Klumpen neben mir, also bleibe ich so, wie ich bin. Kurz lehne ich den Kopf gegen die Stütze, so schwer, so viel Gewicht, wie vor einer Woche, als Noah uns hierhergefahren hat, in meinem Kopf noch das Brummen des Rollers, aber sonst ist da nicht viel. Noah ist weg, Mugo ist weg, ich bin allein hier an diesem Ort und, wenn ich es genau betrachte, überall sonst eigentlich auch. Ich spüre das Gas und die Kupplung an meinen Fußsohlen. Ich starte den Wagen und fahre heim.

10

Ich stelle den Transporter wieder zwischen die Hecken in die Kurve. Mittlerweile ist es Nacht. Direkt nach dem Regen ist die Wärme zurückgekommen, und jetzt ist jede Feuchtigkeit verdampft. Die Gartentore, die Thujagewächse auf der linken Seite des Weges, alles ist unverändert. Und doch ist etwas ganz grundsätzlich anders. Dafür reicht etwas Unbedeutendes, winzige Abweichungen; wenn man sich etwa vorstellt, dass der Schall nicht leiser wird mit der Entfernung, sondern immer lauter, oder dass die Zeitzonen nicht längs, sondern quer verlaufen und es hier eine Stunde früher wäre als in München – kleine Dinge, und die Erde ist eine andere. So fühlt es sich gerade an, jetzt, wo Mugo weg ist, wobei, eigentlich ist sie noch da, aber eben in einer ganz anderen Form.

Ich weiß nicht einmal, was ich dazu denken soll, darum denke ich alles auf einmal. Ich spüre das Surren der Wut bis in meine Fingerspitzen, weil sie mir viel zu wenig erzählt hat, ich kenne sie gar nicht, vielleicht habe ich das nie, das war alles nur ein Spiel, alles nur Verkleidung. Dann aber laufe ich barfuß und fast nackt durch die Spielstraße, den nassen Kleiderhaufen unter meinem Arm, und ich kriege zur Wut ein ganz zärtliches Gefühl, mir wird das

Scheitern bewusst in jeder Lebenslage, meines und Mugos und Noahs und das jeder weiteren Person hier und überall, und das macht eine Wärme in mir, sie strahlt überallhin, aber ich weiß noch nicht genau, wo sie herkommt.

In unserer Straße ist immer noch etwas in der Luft, ein paar Geräusche von Geschirr, von Gesprächen, aber viel leiser als vorhin. Durch eine Häuserlücke kann ich sehen, dass bei Noah noch Menschen in der ausgeleuchteten Küche stehen. Sie stützen sich auf die Möbel mit der einen Hand, in der anderen halten sie die Gläser, ich erkenne niemanden. Die Fenster im Obergeschoss sind schwarz, auch das Schlafzimmer der Eltern. Mir fällt wieder ein, was vorhin passiert ist, das ist alles zu sperrig für meinen Kopf gerade. Ich hoffe bloß, dass Noahs Mutter schon schläft, dass sie nicht wachliegt und den Stimmen von unten lauschen muss.

Vor der Haustür lege ich meine Kleidung ab und knie mich hin, denn der Schlüssel muss in einer der Taschen sein, und gerade als ich in die erste greife, die linke vordere meiner Hose, höre ich kurze Schritte auf den Pflastersteinen.

Als sie mich sieht, bleibt meine Mutter stehen. Was machst du da?, fragt sie, ganz ohne Melodie in der Stimme. In der Hand trägt sie einen Teller, der mit Alufolie abgedeckt ist. Nichts, sage ich und stehe schnell auf. Sie sieht mich an, von oben nach unten, als sähe sie alles zum ersten Mal, und erst jetzt scheint ihr aufzufallen, wie erbärmlich ich aussehe, der Dreck an den Waden, die Haare nass und zerdrückt. Bist du überfallen worden?, fragt sie und kommt jetzt auf mich zu. Geht es dir gut? Sie fasst mir an den Arm, wie schon so oft, und ich habe erwartet, dass ich mich herauswinden will, aber die Innenfläche ihrer Hand ist so weich und kühl, dass ich einfach stehen bleibe.

Ich sage, es ist alles in Ordnung, und als sie ihre Hand nicht fortnimmt, wirklich, Mama, es war ein bisschen viel heute, aber es ist alles gut. Sie nimmt die Hand herunter und reicht mir den Teller mit der anderen. Halt mal, sagt sie, und dann schließt sie die Tür auf und verschwindet dahinter. Ich will hinterher, aber ich bin wie festgemeißelt, der Teller, der Kleiderhaufen, ich weiß überhaupt nicht was tun in diesem Moment, also mache ich nichts, und meine Mutter kommt wieder nach draußen. Sie nimmt mir den Teller wieder ab, sie schaut mich an, aber fragt nicht weiter. Die Augenbrauen haben diesen speziellen Winkel zueinander, das ist wie eine Umarmung, bloß mit dem Gesicht. Damit geht es ein bisschen leichter. Sie sagt, dass ich mich waschen soll, am besten draußen unter der Gartendusche, und weil mir gerade alles egal ist, nicke ich und gehe außen um das Haus herum.

Während ich mich abdusche, schaue ich auf den Putz der Außenwand. Das Wasser ist kalt, aber ich spüre es viel weniger als sonst. Mir fallen meine Füße wieder ein, und während ich mich hinunterbeuge und meine Zehen säubere, jeden Sprutz von den Waden wasche, wird mir wieder bewusst, dass alle weg sind, die mir nicht egal waren, Noah, Mugo, und ich merke auch, dass ich gar nicht begreifen kann, was das heißt für mich. Ich bleibe unten bei meinen Füßen, ganz nah am Boden, und kurz nehme ich die nassen

Hände vors Gesicht, aber dann denke ich, hör auf, sage es zu mir selbst im Stillen. So viele Menschen sind zu Boden gegangen heute, so viele haben sich ins Gesicht gefasst aus lauter Verzweiflung, da will ich das nicht auch noch tun. Ich warte ein paar Sekunden, ich zähle, denn zählen ist einfach und funktioniert immer gleich, und dann stehe ich wieder auf und drehe das Wasser ab.

Als ich mich umdrehe, liegt ein Handtuch auf der Wiese, mitten im plusterigen, satten Gras, akkurat zu einem Quadrat gefaltet, die Kanten aufeinander. Das Handtuch ist rau und aus Frottee, und es riecht ganz ehrlich und frisch, so, wie ein Handtuch riechen muss. Ich stelle mir meine Mutter vor, wie sie mich hier hat hocken sehen, wie sie bloß das Handtuch ablegt und verschwindet ohne ein einziges Geräusch. Das macht ein Gefühl in mir wie eben, diese Wärme, bloß noch viel stärker. Ich ziehe meine nassen Boxershorts aus, ein paar Wassertropfen fallen ins Gras, immer einer nach dem anderen. Ich wickle mich in das Handtuch und bleibe so stehen. Ich schlinge es nicht um meine Hüften, wie man das tut, wenn man erwachsen ist, ich trage es wie einen Mantel um die Schultern, es ist zu klein dafür, viel zu kurz, und meine nassen Beine bleiben frei in der Nacht. Dann trockne ich mich ab, reibe das Wasser aus den Haaren und gehe um das Haus herum auf die Terrasse. Ich habe erwartet, die Stühle zu sehen, den Tisch, die Blumenkübel auf den Fliesen, alles im Dunkeln und dahinter gleich die heruntergelassenen Rollläden. Ich wäre reingegangen ins kühle Wohnzimmer und meine Füße wären getrocknet auf dem Teppichboden.

So ist es aber nicht. Hinter dem Sichtschutz sitzt meine Mutter auf der Terrasse, vor ihr ein Teelicht und der Teller, den sie eben in der Hand gehalten hat. Die Alufolie liegt daneben: Es sieht aus wie Blattgold, das jemand achtlos zerknüllt hat und dann dort fallen gelassen. Auf dem Teller sind zwei verschiedene Salate und vier Nürnberger Rostbratwürstchen.

Ich schlüpfe schnell zurück in meine kalten Boxershorts. Du hast vorhin noch gar nichts gegessen, und dann warst du weg, sagt sie. Hast du Hunger? Sie fragt nicht, wo ich war, warum ich unter der Gartendusche auf dem Boden kauere und auf meine Füße starre. Sie fragt genau das Richtige, nämlich nur nach dem Hunger. Den hatte ich fast vergessen die letzten Stunden, aber jetzt ist er zurück, alles innen knurrt und zieht sich zusammen und ist ganz aufdringlich. Ich setze mich neben sie. Da liegt sogar Besteck, links die Gabel, rechts das Messer, ganz so, wie es sich gehört. Ich beginne zu essen, währenddessen ist es ruhig. Meine Mutter sitzt neben mir und hält sich selbst fest dabei, sie stützt die Ellbogen auf den Tisch und umklammert ihre Unterarme, sie knetet das weiche Fleisch mit den Händen.

Sonst ist da nichts, das metallene Schaben des Bestecks auf dem Teller, das Flickern der Flamme auf der Alufolie daneben, das Geräusch, wenn meine Mutter über die eigene Haut streicht. Ich schaue sie von der Seite an und merke, sie tut das Gleiche, eine ganze Weile schon, vermutlich. Ich kaue und versuche zu lächeln. Sie lächelt und macht sonst nichts, das klappt viel besser. Und gerade als ich über mich rätseln muss, warum ich bloß immer so viel empfinde bei allem, und denke, dass man manchmal auch einfach nur sitzen kann, da sagt sie, das war noch ein schöner Abend. Schade, dass ihr so schnell weg wart.

Ich sehe schnell zurück auf den Teller, auf meine Hände, die das Besteck umklammern. Dabei vergesse ich zu schlucken, und ein Klumpen Fleisch bleibt in meinem Mundraum. Jetzt fällt mir alles wieder ein, das Entgleisen, die Traurigkeit, die Menschen, die in solchen Fällen immer Kreise bilden drum herum. Der Verdacht, allein zu sein mit diesem Gefühl, mit dem Wissen, dass alles um mich zerfasert wie in einem Mörser, und es bleiben nur Krümel, nichts sonst. Die Musik, die wieder angeht, die Traube, die sich auflöst, die Gläser werden aufgefüllt; es geht weiter, immer weiter. Und dann meine Mutter, die plaudert und herumläuft und mir einen Teller vollädt am Ende dieses grausigen Abends.

Hast du dich verschluckt?, fragt meine Mutter. Sie löst einen Arm aus dem anderen und legt ihn mir auf den Rücken. Ich schüttle den Kopf, nein, eigentlich schüttle ich den ganzen Körper, aber ich bleibe stumm. Sie bleibt kurz in dieser Position, schräg über die Tischkante gebeugt. Als es nicht besser wird, denn es kann nicht immer alles besser werden von einem einzigen Griff, da verlagert sie erst die Hand in den Nacken und dann zurück auf den Tisch, dann klopft sie zweimal auf das Holz, fein und rhythmisch. He, sagt sie. Sie sagt es leise, als wäre das eine Verschwörung. He, sagt sie, warte mal hier, ich habe etwas für dich.

Sie steht auf und verschwindet im Garten, dort, wo es unscharf wird wegen der Nacht. Ich weiß nicht, wo sie hinwill, aber ich kann auch nicht darüber nachdenken. Ich spüre wieder das Scheitern, es ist überall, es steckt hier in den Sitzkissen, in jedem Stein dieses Hauses, in jedem Stück Rasen, der mal als riesige Rolle hier ankam, als ich klein war. Aber es ist nicht nur hier, sondern überall, auf Mugos Balkon, an der Tankstelle am Ortsausgang, in den gepflegten Beeten vor Noahs Haus, unter den Sonnenschirmen der Münchner Straßencafés. Ich denke, man kommt nicht davon, weil es ja überall wartet, und es wird immer enger in meinem Hals, dass ich fürchte, ich kann nicht mehr atmen, wenn es so weitergeht.

Schau mal, sagt meine Mutter, zurück am Tisch. Vor Schreck schlucke ich den Klumpen im Mund runter, das Besteck lasse ich los. Meine Mutter kniet sich neben mich, die linke Hand ist zur Faust geschlossen. Hier, sagt sie, und dabei dreht und öffnet sie die Hand, und darin liegen zwei kleine Tomaten, rund und rot. Ist eine neue Sorte, sagt sie und schaut ganz begeistert zu mir hoch. Die sind besonders platzfest, weißt du, weil die ja öfter mal aufgesprungen sind in den letzten Jahren, wenn es wechselhaft war. Ah, sage ich. Und als sie mir die Tomaten noch näher hinstreckt, nehme ich eine, die kleinere, und stecke sie mir in den Mund.

Die Tomate schmeckt süß, fast wie Obst. Die Haut ist ganz weich und schmiegt sich in Schnipseln an meinen Gaumen. Meine Mutter bleibt in der Hocke und zieht voller Erwartung ihre freundlichen Augenbrauen hoch. Ist gut, sage ich daher. Ja, oder?, antwortet sie und tätschelt mir das Knie, weil das gerade auf ihrer Höhe ist. Dann ist alles direkt viel leichter, fügt sie hinzu. Sie steckt sich die zweite Tomate in den Mund und sieht mich an, als würden wir jetzt ein Geheimnis teilen, das uns auf ewig verbindet. Ich sehe ihr zu, wie sie kaut, wie die kleinen Falten um ihren Mund sich bewegen. Sie isst und nickt dabei, kurz und oft, und wirkt so völlig zufrieden damit, dass jetzt meine Knie wegbrächen vor Rührung, wenn ich noch stehen würde. Sie ist so klein von hier oben. Dass sie glaubt, eine einzelne platzfeste Tomate könnte etwas ändern, dass sie tatsächlich glaubt, es hilft, eine kleine Frucht zu essen, das macht mir klar, wie weit sie entfernt ist von mir. Da ist so viel Unverständnis zwischen uns, absolut unüberbrückbar, und nie war es deutlicher als jetzt.

Aber plötzlich ist es, als sei das das Kostbarste der Welt: jemand, der glaubt, er könne wen mit einer Tomate retten, denn von der Idee her ist eine Rettung wie jede andere. Die Kerze flackert auf der Alufolie, einzelne Stimmen sind hörbar zwischen den Häusern, meine Mutter kniet noch immer neben mir und schaut ganz zuversichtlich zu mir hoch. Vor zwei Jahren, vor drei, da wäre ich jetzt aufgestanden und hätte sie hier sitzen lassen. Ich wäre nach oben gegangen und hätte mich ins Bett gelegt, aber ich hätte nicht schlafen können, weil ich die Enge dieses Hauses, der Häuser zueinander, der ganzen verdammten Welt auf meinem Brustkorb gespürt hätte.

Jetzt mache ich das nicht. Ich schiebe den Stuhl zurück, ein kleines Stück nur, stelle den Teller zur Seite und lege meinen Kopf seitlich auf der Tischkante ab. Alle Spannung verlässt meinen Körper, als wäre ich ein Spielzeug, eine

Drückfigur. Meine Mutter streicht über meine Haare, ganz sanft, nur mit den Spitzen ihrer Finger. Ich spüre das alles noch: dass es unmöglich ist, dass sie mich versteht, dass sie die Dinge sieht, wie ich sie sehe. Sie denkt sicher, ich bin bloß müde oder es ist ein bisschen was mit der Liebe. Sie kann ja gar nicht ahnen, dass ich zum ersten Mal allein, hundertprozentig allein bin. Und gleichzeitig spüre ich, dass diese Tomate das Netteste überhaupt ist, wie ein Griff an meinen Arm, bloß in Form von Gemüse, und es fühlt sich an, als hätte es nie etwas Freundlicheres gegeben. Ich spüre alles gleichzeitig, die Wut, die Wortlosigkeit, aber auch diese riesige Zuneigung und die Versuche meiner Mutter, es mir immer ein bisschen leichter zu machen.

Ich denke an Mugo, dass sie schon wieder recht hatte, sogar in ihrem Zweifel, dass es nie immer bloß eine Seite gibt oder zwei, dass alles, jede Mutter, jede Situation wirr ist und komplex, wie ein unlösbares Puzzle, bei dem von Anfang an ein Teil fehlt. Ich denke noch etwas, und zwar zum ersten Mal: dass ich früher vielleicht ein bisschen recht hatte. Ich war wütend, aber ich war unfähig, die Menschen hier zu hassen, meine Eltern, Noah, die Bäckereifachverkäuferin. Ich habe es versucht, weil es Mugo wichtig schien, aber ich habe nie ganz ehrlich so empfunden. Ich verstehe meine Mutter nicht, ihre Leidenschaft für Desserts, ihre Verdrossenheit bei den meisten anderen Dingen, ihre Zufriedenheit auf einer Grillfeier. Aber ich denke jetzt, gerade in diesem Moment, mit dem Kopf auf dem Tisch und der Handfläche meiner Mutter im Nacken, dass ich sie gar nicht brauche als Komplizin, nicht auf diese Art, zumindest, und dass ich das schon immer gewusst habe, innen drin. Meine Mutter hat mir gezeigt, wann man den Schorf auf einer Wunde abpulen darf und wann es noch zu früh ist, zum Beispiel, und wie ich die Fingernägel meiner rechten Hand schneide, und das kommt mir plötzlich so wertvoll vor wie alles andere.

Willst du ins Bett gehen?, fragt meine Mutter leise. Ja, sage ich, denn ich rechne damit, dass ich mich gleich wieder bewegen kann. Dann lächle ich ihr zu, ein wenig mit dem Mund, aber vor allem mit den Augen. Warum bist du eigentlich schon zurück?, frage ich sie, denn ich schätze, auch wenn heute schon so vieles zerbrochen ist, kann es erst kurz nach Mitternacht sein. Meine Mutter stemmt sich jetzt hoch und pustet das Teelicht aus; die Straßenlaterne leuchtet über die Hecke zu uns rüber, sonst ist es dunkel. Ich weiß es nicht, sagt sie und verschwindet im noch dunkleren Haus, ich hatte so ein Gefühl.

Am nächsten Morgen bin ich früh wach, aber ich bleibe liegen, vorerst. Draußen scheint die Sonne, das kann ich an den Punkten sehen, die durch die Rollläden auf meine Bettdecke, auf meine Haut fallen, hunderte kleine Lichtstempel. Dann höre ich, wie jemand die Treppe hochkommt. Ich weiß, es ist mein Vater, denn seine Knie knacken bei jeder Stufe. Er klopft, dann steckt er seinen Kopf rein. Schon wach?, fragt er. Klar, sage ich. Da ist jemand an der Tür für dich. Okay, sage ich und schwinge mich hoch im selben Moment. Ich bleibe kurz auf der Bettkante sitzen wie ein alter Mensch, die Füße parallel zueinander, die Hände krallen sich in die Matratzenkante. Das kann Mugo sein oder

Noah, und ich merke, dass ich beides nicht ertragen könnte. Ich weiß nicht, was davon ich mehr fürchte.

Es ist nicht Mugo, es ist nicht Noah, es ist der schmale Josef, der unten im Türrahmen lehnt. Hi, sagt er. Vorsichtig, sage ich und deute auf das Türschloss, an das er gerade seinen Arm drückt. Das ist ganz ölig, da kannst du dir ... Schon in Ordnung, erwidert er und lächelt von unten nach oben, schau mich an, da ist ein Fleck mehr doch auch egal. Ich nicke und schlüpfe mit den Händen in die Taschen meiner Schlafanzughose. Ich schaue zu ihm hinab, ohne es zu wollen, er lässt mir keine Wahl: Er ist so zart und fein. Bis hierher kann ich ihn riechen, er riecht erdig und intensiv nach Körper, nach Mensch, ganz allgemein. Es ist so ein Geruch, nach dem man süchtig werden würde, wäre man verliebt in ihn.

Willst du reinkommen?, frage ich, und ich meine das sogar ernst. Die Vorstellung, jetzt mit Josef im Garten zu sitzen, ist mir weniger unangenehm als alles andere. Ich muss gleich weiter, sagt er. Dabei deutet er hinter sich in irgendeine Richtung. Ich frage nicht nach wohin, denn es ist egal. Er sagt, ich wollte bloß fragen, ob es dir gutgeht. Ob es mir gutgeht? Ja, nach gestern Abend. Was war denn gestern Abend?, frage ich. Josef runzelt die Nase, kneift ein Auge zusammen und schaut mich durch das andere an. In diesem Moment kommt es mir vor, als sei er die weiseste Person, die ich kenne, und würde er mir jetzt sagen, er hätte eine Leidenschaft für Heraklit oder Pharaonengräber, ich würde es ihm glauben, sofort.

Es ist nur ... ich habe gemerkt, dass es dir schwerfällt

und dass auch Noah es dir nicht immer leicht macht. Ja, das stimmt, sage ich. Dass das jemand so ausspricht – es ist, als sei ein Mysterium offengelegt. Ich fühle mich manchmal nicht so wohl hier, sage ich, leiser jetzt; und dabei trete ich näher zu ihm, hinter mir ziehe ich die Tür ein wenig ran. Frag mich mal, sagt er und scharrt mit den Füßen, fast wie ein Vogel, der etwas sucht im gefrorenen Boden. Paraguay, Lettland, Kambodscha und dann zurück hierher, das war auch alles schon mal einfacher. Wie ein Knäuel fühlt sich das an im Bauch, sage ich, viel zu laut, aber ich bin so erleichtert, unendlich erleichtert, dass aus den Dingen Wörter werden. Weißt du noch, als es mal Fondue gab bei diesem Adventsessen? Am nächsten Tag musste ich ins Krankenhaus, weil ein Käseklumpen alles verstopft hat. Oh, scheiße, sagt Josef, ja, sage ich, und das Gefühl ist das gleiche, wenn ich jetzt hierherkomm.

Josef lächelt. Voll, sagt er, kann ich voll verstehen. Ja?, frage ich. Ja, sagt er. Und was machst du dagegen? Wenn ich mir vorstelle, ich würde hier wieder wohnen … Tischtennis, sagt Josef und verbreitert sein Lächeln, ich bin jetzt richtig gut. Das hilft?, frage ich. Gegen fast alles, antwortet er. Und du musst versuchen, den Leuten nicht zu sehr böse zu sein.

Ich muss jetzt gehen, sagt er dann, und kurz sieht es so aus, als würde er das einfach tun, aber dann macht er einen kleinen Schritt nach vorn, ein kleiner Schritt reicht, denn ich bin ja eben schon auf ihn zu, und umarmt mich, eine kurze, trockene Umarmung. Seine Haare riechen nach einer Familie, in der man den Nachtisch gemeinsam aus einer Schale isst. Du kannst ja auch mal mit, sagt er, noch in der Umarmung, dann löst er sich. Wohin? Ich habe mich konzentriert auf die Bewegung, denn Josef zu umarmen fühlt sich immer an wie eine Seltenheit, auch wenn das gar nicht stimmt. Zum Tischtennis, sagt er, und jetzt dreht er sich wirklich um. Wir spielen später im zweiten Wendehammer. Vielleicht, sage ich, wieder lauter, und dann sehe ich ihm zu, wie er den kleinen gepflasterten Weg entlanggeht, der zu unserer Tür führt.

11

Ich habe noch Noahs Autoschlüssel. Ich habe ihn in meiner Shorts gefunden, in der vorderen rechten Tasche. Ich frage mich, was aus dem Transporter wird, denn seit wir hier sind, haben wir nicht über München gesprochen oder darüber, dorthin zurückzufahren. Jedenfalls will ich nicht schuld sein, dass er nicht von hier fortkann, und darum muss ich ihm den Schlüssel zurückgeben. Es ist Sonntag, und es ist Mittagszeit. Ich gehe davon aus, dass alles hier so geblieben ist, wie es war; darum gehe ich nicht zu Noah nach Hause, sondern fahre mit dem Rad vier Straßen weiter. Dort, in einem schmalen Haus mit Schieferplatten auf dem Dach, wohnen seine Großeltern, und jeden Sonntag macht die Großmutter irgendein Gericht mit aufwendigen Beilagen.

Ich stelle mein Fahrrad ab, und als ich auf die Haustür zugehe, als ich den kleinen Messingknopf drücke und das Geräusch einer Glocke erklingt, das Innere des Hauses hundertfach gebrochen durch die karierte, buckelige Scheibe, da kommt mir ein Gedanke. Was, wenn es alle gemerkt haben am Freitag? Wenn Noah nach Hause kam in der Nacht, nass und entrückt wie ich, und erzählt hat, wie ich ihn angeschrien habe und einfach weggefahren bin?

Wenn sie mir jetzt alle mit einer Eiseskälte begegnen – ich weiß nicht, ob ich das aushalten kann.

Hinter der Scheibe wird eine Person sichtbar. Sie sieht aus wie aus groben Pixeln zusammengebaut, und erst als die Tür sich öffnet, erkenne ich Noahs Schwester. Ihr Gesicht ist ganz warm. Martin, sagt sie, das ist aber … komm doch rein. Hallo, sage ich, überrumpelt von der Freundlichkeit, denn ich war auf etwas anderes vorbereitet. Ich will nur kurz etwas abgeben. Noahs Schwester blickt an ihrem Bein hinunter, ich bin nicht sicher, ob sie meinen Satz gehört hat. Ihr Bein ist lang und braun und schaut furchtbar elegant aus dem Rock hervor, und unten am Gelenk, da, wo der Fuß beginnt, klammert sich ein Kind fest mit beiden Armen. Oh, sagt Noahs Schwester und bückt sich, sie löst das Kind und hebt es vorsichtig hoch. Sie lacht mich noch mal an und tritt im selben Moment zurück in den Flur, komm mit, sagt sie nur, und das Gespräch ist beendet.

Ich kann nicht anders, als ihr zu folgen, die Situation lässt gar nichts anderes zu. Es ist außerdem so vertraut hier, dass ich nicht widerstehen kann. Das Gute an den Wohnungen alter Leute ist, dass sich nie etwas verändert. Man kann zu jedem Zeitpunkt einfach wiederkommen und sich an Dinge erinnern. In diesem Haus ist alles klein und dunkel, überall Holz, die Wände voller Schränke, die Schränke voller Akten und Weinbrand in schicken Flaschen. Noahs Schwester trägt das Kind, als wäre es ein Blumenstrauß, so leicht, und dabei durchquert sie den Flur und das Wohnzimmer und tritt durch die geöffnete Schiebetür in den Garten.

Seht mal, wer hier ist, sagt sie, und weil es sonst nach einer Überraschung aussähe, richtig mit Spannung und allem, trete ich so schnell wie möglich auch nach draußen. Hallo, sage ich. Um den Tisch sitzen Noahs Eltern und seine Großeltern und das ältere Kind, das auch zur Schwester gehört. Auf dem Tisch sind zwei Servierschalen mit Resten von Gemüse und Fleisch, an einer Ecke die benutzten Teller, gestapelt zu einem Turm. Vor jedem, außer vor dem älteren Kind, steht eine kleine Kaffeetasse auf einer Untertasse. Oh, hallo, sagt die Großmutter mit ehrlicher Freude in den Augen, hallo, sagt auch der Großvater, aber ich bin mir nicht sicher, ob er mich erkennt.

Hallo, sagt Noah, und erst jetzt fällt mir auf, dass er gefehlt hat. Er kniet neben dem Großvater auf den Steinplatten, und ich merke, dass ich mich geirrt habe: Vor dem Großvater steht keine Tasse, dafür sind ein paar Scherben auf dem Boden und ein paar in Noahs Hand, die er zu einer Schale krümmt. Ich muss mich an das erinnern, was Noah mir erzählt hat vor zwei Jahren, als sein Großvater anfing, nach heißen Dingen zu greifen. Einmal hat er eine Teekanne entgegengenommen, und zwar nicht am Henkel, sondern mit beiden Händen, hat sie einfach umschlossen mit den Handflächen und dann fallen lassen. Vom heißen Wasser hatte er eine Brandwunde auf dem Oberschenkel, die sah ein bisschen aus wie Italien, also wie der Umriss davon. Seitdem achten alle ein bisschen mehr auf ihn, aber trotzdem wirft er regelmäßig Dinge herunter; er erwischt sie mit seinen Ärmeln und seinen Körperteilen, die vergessen haben, wie man stillhält.

Noahs Mutter sitzt etwas abseits, die Lehne ihres Plastikstuhls ist weiter nach hinten gestellt als die der anderen. Geht es besser?, frage ich. Ja, sagt sie, matt, aber ruhig, und dann, danke. Noahs Vater tätschelt ihr Knie, aber nur die äußerste Kante davon, es ist kaum eine richtige Berührung. Du machst heute mal gar nichts, sagt er, du ruhst dich erst mal richtig aus. Noahs Mutter lächelt und sieht zurück zu mir. Kurz kommt das Gefühl von der Party wieder, es ist überall, auch hier, in der Wachstischdecke und in den kleinen Klippern, die sie beschweren gegen den Wind. Die Klipper haben die Form von Birnen, und sogar in ihnen steckt die Traurigkeit, es ist verrückt. Noah steht auf, die Hand voller Scherben, die andere legt er dem Großvater auf die Schulter. Du bist ein guter Junge, sagt der Großvater, und Noah sagt, schon okay, und tritt an mir vorbei ins Haus.

Ich folge ihm durch das Wohnzimmer in die Küche. Die ist gekachelt, so viel es geht, der Boden, die Wände, sogar der Küchentisch unter dem Fenster. Noah hat einmal erzählt, dass seine Großeltern eine feste Sitzordnung haben an diesem Tisch, und einmal im Jahr tauschen sie die Seiten, denn von links schaut man in den Garten, von rechts auf den Garagenhof. Über dem linken Platz hängt an der Wand ein Kalender, den eine Nachbarin aus dem Vatikan mitgebracht hat; jeden Monat gibt es ein Foto von einem Priester. Ich weiß noch, einmal hat ihn Noah runtergenommen und wir haben ihn zusammen durchgeblättert. Schau mal, hat er gesagt, die sehen alle total gut aus, so sehen doch keine Priester aus. Ich wette, das ist extra, ich wette, das ist die katholische Version vom Playboy.

Jetzt sagt Noah nichts, er holt eine Seite der Lokalzeitung unter der Spüle hervor, lässt die Scherben der Kaffeetasse auf das Papier fallen und knüllt es zusammen, vorsichtig. Das Paket wirft er weg, dann wäscht er seine Hände, die voll sind mit Kaffeeflecken. Ich stehe neben ihm und schaue ihm zu dabei; bis jetzt hat er mich nicht angesehen. Willst du ein Wasser?, fragt er. Gern, sage ich. Er holt zwei Gläser aus dem Oberschrank, die sind winzig und leicht, denn Noahs Oma hat ein bisschen Rheuma und mag leichte Dinge. Er füllt die Gläser mit Leitungswasser, dann reicht er mir eins. Unsere Hände sind groß und klobig, sie umschließen die Gläser, als wären sie für Schnaps gedacht. Ich könnte den ganzen Inhalt in einem Schluck trinken, und Noah eh, aber das tun wir nicht. Wir schwenken das Wasser hin und her wie guten Whiskey, denn wir wissen: Wir können hier sein, solange noch etwas drin ist.

Ich greife in meine Hosentasche und lege den Schlüssel neben uns auf die Arbeitsplatte. Noah sieht ihn an, aber lässt ihn liegen. Sorry wegen Freitag, sage ich. Also, dass ich dich nicht mitgenommen habe. Passt schon, sagt Noah. Wie bist du denn heimgekommen? Na, zu Fuß. Ich stelle ihn mir vor, wie er die Landstraße entlangläuft, wie er versucht, die Füße auf die weiße Linie am Rand zu setzen, einen genau vor den anderen. Der Weg ist lang, zu lang, um nicht sauer zu sein. Das hat mich einfach alles fertiggemacht, sage ich. Ich weiß, sagt er, und er klingt gar nicht sauer, mehr noch: Da ist ein kurzes Rutschen des Mundes nach oben. Es verschwindet schnell wieder, aber es war da, ich habe es gesehen, und es ändert die Dinge.

Ich muss an seine Familie denken, wie sie draußen auf der Gartengarnitur sitzt, ihre Offenheit eben, denn das ist der Beweis. Auch wenn er nicht versteht, warum ich ihn anschreie, warum ich ihn aussetze Kilometer von zu Hause weg, er würde nie etwas sagen über mich, das gemein wäre und schlecht. Mir fällt ein, wie er vor dem Großvater gekniet hat, wie er die Scherben aufgesammelt hat mit einer Vorsicht, als würde er etwas operieren, wie er ihn an der Schulter berührt und hier in der Küche die Splitter ins Papier gebettet hat. Es ist alles hier, dieser schmale Tisch, das Kind am Boden und am Bein, das Glas, das ein wenig nach Holzschrank riecht von innen.

Ich kann bloß denken, ich hatte recht, ich hatte recht, es ist nie so, wie es aussieht, es ist immer ein Stück anders. Es ist unmöglich, das zusammenzubringen, Noahs laute Stimme auf den Partys, sein Suchen nach Geltung, sein Drang zu unterhalten, sein Unverständnis für so viel und dann das hier. Selbst der Vater hat das Knie der Mutter berührt und es ernst gemeint währenddessen, und bei Noah ist es dasselbe. Er ist wie ein Prisma, mit ganz vielen Brechungen, und es funkelt so sehr, dass man gar keinen Überblick hat, und jeder hier ist genauso, seine Eltern, seine schwachen Großeltern, seine Schwester, selbst die Kinder, alle sind ganz viel auf einmal, dass man es gar nicht fassen kann. Es ist wie in der Nacht, als ich mit meiner Mutter draußen saß, viel entschiedener diesmal, die Gewissheit, für alles eine furchtbare Wärme zu empfinden von ganz tief innen, so warm, dass ich schnell einen Schluck vom holzigen Wasser trinken muss, um nicht zu verdorren auf der Stelle.

Ich schaue aus dem Fenster in den kleinen Garten. Es ist ein Garten von Senioren, voller Pflanzen, die jedes Jahr wiederkommen, ohne dass man etwas tun muss, und darum sieht der Garten auch immer schon gleich aus. Es gibt einen Baum und Beerensträucher, die ganz viele Früchte tragen im Sommer, und das heißt, dass sie schon ewig da sind. Dieser Garten ist voller Erinnerungen, wie alles hier, jeder Fleck, jeder Quadratmeter Boden in dieser Gegend. Ich denke an uns vor fünfzehn Jahren, wie wir an einem Abend im Herbst auf der Wiese lagen, der Geruch des Rindenmulchs um uns. Die Großmutter stand in der Terrassentür, sie rief uns zu, dass wir aufstehen sollen und reinkommen, denn es war dunkel und nass, wir riefen, nur fünf Minuten, und sie verschwand noch einmal.

Wir waren klein, wir hatten keine Ahnung von der Schwerkraft, und das Universum hatten wir erst recht nicht verstanden. Wir lagen nebeneinander, die Rückseiten unserer Pullover, unserer Cordhosen klamm vom feuchten Rasen. Schau mal, hat Noah gesagt und seine Arme und Beine gerade nach oben gestreckt. Wenn du so bleibst und die Augen zumachst, dann fühlt es sich an, als würdest du von der Erde baumeln. Unsere Beine waren kurz, aber wir streckten sie in die Luft mit ganzer Kraft, bis wir spüren konnten, dass wir auf einer Kugel leben.

Am Rand der Wiese steht eine Holzbank mit einem Eiseneinsatz im Rückenteil, und auch da hängt wieder etwas dran: Wir haben auf den Spielstraßen gespielt bis zur Erschöpfung unserer kleinen Körper, und wenn wir nicht mehr konnten, dann sind wir hierhergekommen, sind in den Keller zur Tiefkühltruhe gehuscht, wo hauptsächlich Fleisch in durchsichtigen Beuteln gelagert wurde, aber auch immer eine Packung Wassereis, und dann haben wir uns auf die Bank gesetzt und uns Dinge erzählt und dabei die Blütenköpfe der Fuchsie im Topf daneben aufgedrückt, weil die immer so schön geploppt haben.

Ich kann mich an einen Tag erinnern, an dem war ich unfassbar glücklich; vorher war ich eine Zeit lang unruhig gewesen, denn alle Kinder hatten plötzlich Hobbys und feste Termine dazu, und ich war mir noch nicht sicher, wofür ich mich interessiere, aber dann saß ich eines Abends auf dieser Bank und war mit einem Mal ganz erleichtert; ich weiß noch, wie ich zu Noah gesagt habe, weißt du, ich glaube, mein größtes Hobby ist einfach irgendwo schön sitzen. Noah hat gegrinst damals, aber ich denke nicht, dass er es verstanden hat, denn er wollte immer bloß kurz eine Pause machen, bis die Füße nicht mehr wehtaten, und dann zurück auf die Straßen und weiterrennen, immer weiterrennen. Wenn ich so zurückdenke, dann hätten wir damals schon merken können, dass es einen Unterschied gibt zwischen uns.

Dass wir bis jetzt, bis heute gebraucht haben dafür, das macht mich ganz weich von innen, wie ein perfektes, wachsiges Ei zum Frühstück. Weil das nämlich heißt, dass wir zu beschäftigt waren, um das zu merken, und das bedeutet, dass es auch viel Gutes gab zwischen uns.

Hör mal zu, sagt Noah und tritt zu mir ans Fenster. Er schaut jetzt auch nach draußen, sein Blick ist starr auf die Beete gerichtet, auf den gekrümmten Apfelbaum in der Rasenmitte. Er denkt jetzt auch an uns und früher womöglich, aber vielleicht auch an etwas ganz anderes. Er sagt, ich bin nicht böse wegen Freitag. Es ist nur, ich habe das Gefühl, ich versteh dich nicht mehr auf eine Art. Ich kenn deine Maßstäbe gar nicht, und gleichzeitig bin ich nicht genug. Ich sage, oh, und nippe an meinem winzigen Wasserglas, um irgendwas zu tun. Das fühlt sich einfach nicht gut an, weißt du, für mich nicht und für dich auch nicht. Gar nicht, sage ich, und er sagt, ja. Dann geht er zur Arbeitsplatte, er umschließt den Schlüssel mit der Hand, die noch frei ist, dann dreht er sich zurück zu mir.

Da, sagt er, und dabei schaut er mich zum ersten Mal an. Ich glaub, du solltest von hier wegfahren. Und der Transporter muss eh langsam zurück. Ich zögere erst, aber dann strecke ich die Hand aus und nehme den Schlüssel, wir berühren uns nicht dabei. Noah lehnt sich an die Arbeitsplatte, er sieht falsch aus hier, so groß und glatt und trainiert in diesem schmalen Haus, in dieser hutzeligen Küche. Wie er das gesagt hat, fühlt es sich an wie ein Rausschmiss, als würde ihm hier alles gehören, und das stimmt ja auch, auf eine Art. Das war immer schon seine Welt, jeder Schritt von ihm selbstverständlich, ich war immer nur zu Besuch.

Noah merkt das, er hört es auch, wie es klingt, und darum fügt er etwas hinzu, nämlich, dass er mich liebt. Wirklich, sagt er, das vergisst du nicht, oder? Ich liebe dich auch, antworte ich, und das ist etwas, das sagen die meisten Männer einander nicht oder nur, wenn sie sich dann sehr männlich auf die Schultern klopfen im Anschluss, aber wir machen nichts in dieser Art, wir stehen uns einfach gegenüber im Halbdunkel und sagen uns, was wir eh schon wissen. Wir können das machen. Es ist ein anderes Gefühl als an der Grube, als ich ihn bloß anschreien wollte und dort stehen lassen, jetzt kann ich es ihm sagen und es so meinen, denn ich liebe nicht alles, aber die meisten Teile an ihm. Den Teil, der vor seinem Großvater kniet etwa oder der mich eine Maß Wasser trinken lässt vor dem Schlafengehen, damit es mir nicht schlecht geht am nächsten Tag.

Noah sagt, ich glaub nicht, dass du hier glücklich bist, du warst immer schon ein bisschen anders. Ja, vielleicht schon, sage ich und denke, dass es doch ein Wahnsinn ist, dass wir jetzt schon wieder das Gleiche im Kopf haben. Dass wir uns so ähnlich sind manchmal und dann wieder so weit weg voneinander, dass er sich weigert, manche Dinge zu verstehen, aber dann auch wieder der Schnellste ist dabei.

Was ist mit dir?, frage ich. Was?, fragt Noah. Du bleibst hier? Ja. Okay, sage ich. Ich muss mal überlegen, was ich machen will, fügt er hinzu, diese ganze Sache mit dem Speer ... Der Speer, denke ich, und dass ich ihn kurz vergessen habe, obwohl er der Auslöser war, der Faden, der sich durch alles hindurchzieht. Ich werde mich immer erinnern, dass so das Ende begonnen hat.

Noah trinkt sein Glas aus jetzt, er sagt, ich glaube, ich wollte einfach einen Grund, um mal wegzufahren, um hierherzukommen. Ich habe überlegt, ob ich das wirklich machen will, irgendwo arbeiten, wo ich schon Angst um meinen Ruf haben muss, wenn ich mal versehentlich eine Stange abbreche, ich meine, das kann ja jederzeit passieren. Klar, jederzeit, sage ich und denke an die Nacht auf dem Königsplatz vor einer Woche, an die Taxis, an Noahs Wagemut, an die Statue, matt glänzend in der Nacht. Vielleicht ist das einfach nicht das Richtige für mich, fügt Noah hinzu, und überhaupt: Filme interessieren mich eigentlich gar nicht, zumindest nicht mehr als alles andere, wo man reden kann. Glaub ich dir, sage ich. Ja, antwortet er, das kam alles so plötzlich, und wer will denn nicht berühmt werden, aber seit ich zurück bin, denke ich: Es ist möglich, dass ich viel glücklicher bin, wenn ich erst mal hierbleibe. Im Garten sitzen, mit den Jungs an den See fahren, Renata treffen, weißt du. Bisschen zur Ruhe kommen.

Wenn er so redet, dann klingt er erwachsen wie alle hier, viel mehr als ich auf eine Art, aber ich weiß, auf eine andere Art ist er das gar nicht. Es sind wieder die unzähligen Teile, wie die Schwester, die durch die Scheibe in der Tür aussah, als wäre sie aus hunderten von Pixeln gemacht.

Du kannst auch meine Wohnung haben, sagt Noah, ich weiß ja nicht, wann ich wiederkomm und ob überhaupt. Ich denke an die hohen Decken, an die hellen Vorhänge, die sich aufplustern im Wind, an die Lichtflut, die in jede Zimmerecke reicht. Lass mal, sage ich dann, denn ich denke auch an mein Zimmer. Mir fällt das Klunkern der Billardkugeln wieder ein, die Raufasertapete und dass die Kochnische so dicht an meinem Bett steht, dass ich mir im Liegen ein Ei braten kann. Ich denke, das ist meins, nur meins, und plötzlich kann ich mir keinen besseren Ort vorstellen.

Noah sagt, wie du willst; er wundert sich, aber er fragt

nicht, denn das ist nicht mehr der Anspruch zwischen uns: alles verstehen zu wollen, vollständig und jederzeit.

Wir stellen die Gläser nebeneinander in die Spüle, sie sehen aus wie zwei gläserne Fingerhüte. Noah nickt, und ich nicke auch, denn jetzt ist alles gesagt, eigentlich, aber Noah ist auch ein mentales Wiesel: Er denkt hastig und sprunghaft, und der nächste Gedanke ist oft ein gutes Stück weg von dem davor.

Er sagt, ich bin nicht gegen sie angekommen, oder? Wen?, frage ich. Mugo, sagt er, dabei legt er den Kopf schief mit Nachdruck, denn eine andere Person würde da gar nicht hineinpassen. Ich sage, na ja, was meinst du?, und er lacht ein bisschen, aber nach unten, Richtung Boden, er sagt, sie hat dir doch immer schon den Kopf heißgeredet, die ganzen wilden Sachen, Revolution, diese neue Gesellschaft, du hast ihr das alles geglaubt. Ja, sage ich, das stimmt. War aber auch nicht alles richtig, vielleicht. Jetzt hat sie dich jedenfalls ganz, sagt er dann, ohne jede Bitterkeit, aber dafür mit ehrlicher Enttäuschung. Nein, sage ich, ich hab mich jetzt selber, und noch während ich das sage, merke ich, wie unvorstellbar das für ihn ist, wie ungewöhnlich für mich, dass niemand dahinter steht, und auf einmal fühle ich mich wie der entschlossenste Mensch der Welt.

Ich sage, ich will mich noch verabschieden, und durchquere das Wohnzimmer ein letztes, nein, ein vorletztes Mal. Es ist anders als sonst, wenn ich etwas sagen will, denn die Leute sehen mich meist nicht, obwohl ich doch so groß bin, und ich muss immer ganz ungelenke Sachen mit meinen Armen machen, um aufzufallen. Aber heute ist es anders: Ich trete mit einer solchen Bestimmtheit aus der Tür, wie ein Pfeil, und alle hören auf zu sprechen in diesem Moment, und ich sage, Wiedersehen. Oh, sagt Noahs Oma, du hast ja gar keinen Kaffee getrunken. Ich hatte drinnen ein Wasser. Ach, na dann, sagt sie und lehnt sich zurück in ihren Stuhl mit den bunten Auflegepolstern. Also, danke noch mal für alles, sage ich und versuche, jeden am Tisch gleich lang anzuschauen. Fährst du zurück?, fragt Noahs Vater. Ja, nach München, sage ich, und als ich den Namen ausspreche, als ich dabei an die sauberen, beigefarbenen Bürgersteige denke, an die Grünflächen, die völlig überteuerten Biergärten, da ist es das erste Mal meine Stadt, meine eigene Stadt. Und Noah bleibt noch?, fragt der Vater. Der bleibt noch, sage ich. Ich bleibe noch, sagt Noah hinter mir. Aha, sagt der Vater. Auf einmal richtet sich die Mutter auf, sie war still, die ganze Zeit schon, sie fragt etwas, vorsichtig, viel leiser als die anderen. Wann sehen wir dich denn wieder? Nicht so bald, denke ich, sage ich, und dabei muss ich mir ein Strahlen verkneifen; ich bewahre es auf für den Heimweg, für mich allein. Wie schade, sagt sie. Mal schauen, sage ich, und dann noch mal: auf Wiedersehen.

Noah bringt mich zur Tür. Kommst du nach?, frage ich ihn, obwohl ich weiß, das ist nicht mehr so wichtig. Vielleicht, sagt er, vielleicht setze ich mich auch hier zur Ruhe. Nach einem Film?, frage ich. Klar, sagt er und grinst. Sind eh alles Wichser. Hast du den Schlüssel? Hosentasche, sage ich. Kannst du überhaupt eine so lange Strecke fahren? Das hab ja immer ich gemacht. Bestimmt, sage ich, irgendwann muss ich ja damit anfangen.

Noah sagt, kann sein, dass es nicht leicht wird ohne dich. Bestimmt nicht, antworte ich. Okay, sagt er. Okay, sage ich. Dann ist es ganz einfach, und es ist so wie immer, wenn wir uns umarmen. Meine Hände auf seinem Rücken, weit oben, seine bei mir in der Mitte, sein Kopf ist gedreht wegen meiner Schulter, es ist warm und fest und lang genug. Wir lösen uns voneinander, wir sind wieder allein, wir schauen uns in die Gesichter, gründlich, ganz ohne Scham. Bis bald, sage ich und berühre seinen Arm. Bis bald, sagt auch er, als ich mich schon umgedreht habe, und wir wissen beide, wir meinen: machs gut.

12

Ich merke, dass ich wegmuss, als ich zu Hause die Tür aufschließe. Es ist eine unumstößliche Wahrheit, und seit Noah sie ausgesprochen hat, ist sie in meinem Kopf wie ein Ohrwurm. Du solltest von hier wegfahren, hat er gesagt, und gemeint hat er, los, schnell, verschwinde von hier, für dich ist es besser anderswo.

Meine Mutter fragt, ob ich ihr helfe in der Küche, nur mal nach den Fleisch schauen, sagt sie, der Rest ist schon gemacht, und ich sage, ja, aber ich kann nicht mitessen, ich muss heimfahren. Jetzt?, fragt sie. Irgendwie schon, sage ich. Meine Mutter stellt die Salatschleuder neben dem Waschbecken ab und trocknet die Hände an ihrer Hose. Was ist denn passiert?, fragt sie, und aus jeder ihrer Falten springt mir die Sorge entgegen. Nichts. Ich muss bloß einfach nach Hause. In der Pfanne liegen drei große Fleischstücke, im Topf dahinter kochen die Kartoffeln, es sieht aus wie ein Schwimmbecken mit Sprudelfunktion, wie in der Therme, in die ich mit meinem Vater oft gefahren bin, wenn es Winter war und Wochenende.

Meine Mutter sagt nichts mehr, sie lehnt an der Spüle und lässt den Salat abtropfen. Selbst von hier kann ich die Adern auf ihren Armen sehen, die grauen Haare hinter dem Ohr. Sie bewegt sich schnell und ruppig, als wäre sie mit etwas nicht einverstanden, aber sie bleibt still. Ich wende die Fleischstücke und sehe mich in der Küche um. Ich war hier immer schon. Ich kenne die Schubladen, die Fächerordnung, ich weiß genau, wo meine Eltern die Süßigkeiten aufbewahren und wo die gesalzenen Nüsse. Früher habe ich das so gemacht: Wenn ich einen Keks gegessen habe oder etwas anderes Ungesundes, dann habe ich mir danach immer noch einen Apfel aus der Obstschale gegriffen, denn Noah hat behauptet, der Körper merkt sich nur das Letzte. Ich sehe die Schränke, ich erinnere mich, wo ich nicht drangekommen bin, erinnere mich an jedes Detail, und trotzdem ist es so, als stünde ich zum ersten Mal hier.

Wenn ich mir vorstelle, dass das nicht die Küche meiner Eltern ist und meine Mutter auch nicht meine Mutter, sondern einfach nur eine Frau, die an einem Sonntag ein dreiteiliges Gericht für ihre Familie kocht – denn an Orten wie diesen sind die guten Gerichte immer dreiteilig –, und ich bin auch nicht ich selbst, sondern einfach nur ein Sohn, dann denke ich, was kann so wichtig sein im Leben dieses Sohnes, dass er nicht wenigstens mit seinen Eltern zu Mittag essen kann, und dann sage ich, zum Essen bleibe ich noch, okay? Gut, sagt sie und lächelt über die Schulter und fragt nicht weiter nach.

Wir essen drinnen, denn es ist plötzlich sehr windig. Mehr noch, es ist, als wäre der Sommer vorbei, gleich heute. Meine Eltern unterhalten sich wie immer, über die Klasse meines Vaters, über den neuen Hautarzt, aber ich höre ihnen nicht zu. Ich sehe sie bloß an, wie sie reden, wie sie mit den Messern auf den Tellern herumschaben, und ich denke, dass ich nichts verstehe von dem, was in ihnen vorgeht, und dass es andersrum genauso ist, aber es ist egal, egal, egal. Es geht um Tellergerichte und um Hände auf den Armen, denn die sind der Beweis, dass das hier unendlich ist, und das ist das einzig Wichtige, außerdem.

Soll ich dich zum Bahnhof fahren?, fragt mein Vater von der anderen Seite des Tisches. Nein, schon gut, sage ich. Und dann: Ich fahre mit dem Transporter. Ich sage es nicht, weil ich vergessen habe, dass es ein Geheimnis ist; ich sage es, weil es jetzt keine Rolle mehr spielt, der Transporter, der Speer, es ist alles vorbei. Es ist so vieles auf einmal vorbei, dass ich gar nicht weiß, was noch übrigbleibt.

Welcher Transporter?, fragt meine Mutter, denn jetzt muss sie fragen, es geht gar nicht anders. Wir haben einen gemietet. Einfach so? Ja, antworte ich. Es sind diese kurzen Sätze, bei denen ich merke: Wir sind uns gegenseitig ein riesiges Rätsel. Mein Vater schüttelt den Kopf und räumt die Teller in die Küche, aber dabei wirft er mir noch mal einen Blick zu, einen guten Blick, voller Vertrauen, mach mal, sagt er zu mir, bloß mit den Augen.

Nach dem Essen will ich meine Sachen packen. Erst als ich wieder oben in meinem Zimmer stehe, fällt mir auf, dass ich keine dabeihabe, ich habe ja nicht mal eine Tasche. Meine Mutter gibt mir einen Beutel, das ist gut, denn es fühlt sich jetzt wirklich nach Wegfahren an, doch ich weiß gar nicht, was dort reintun. Ich stehe einfach unten im Flur, die Träger in einer Hand, und schaue dabei zu, wie meine Eltern die Tasche mit Dingen füllen. Ich spüre, wie sie immer schwerer wird, denn meine Mutter findet ganz verschiedene Dinge unverzichtbar, die meisten davon sind essbar.

Mein Vater läuft ziellos durchs Haus, und versucht sich an alles zu erinnern, was er mir bei Gelegenheit mitgeben wollte. Er findet eine Trinkflasche mit Werbung eines Stromanbieters auf dem Bauch und eine winzige Taschenlampe. Er lässt beides in den Beutel plumpsen. Danke, sage ich, denn auch, wenn das völlig unbrauchbar ist für mich – ich weiß, dass es diesen Moment gegeben hat, in dem er an seinem Schreibtisch gesessen haben muss, vielleicht abends, im Dunkeln, nur im Licht der kleinen Tischleuchte, und in dem ihm diese Gegenstände in die Hände gefallen sind, und dann hat er an mich gedacht. Vielleicht nur kurz, nur flüchtig, aber das ist doch ein Wahnsinn: dass es jemanden gibt, der wohnt sechshundert Kilometer weit weg und hebt eine Plastikflasche für mich auf. Meine Mutter bringt Brote in Frischhaltefolie und kleine Tetra Paks Fruchtsaft, die sie noch im Keller hatte, und mit jedem weiteren Stück Proviant, mit jedem Schlenkern meines Beutels spüre ich es deutlicher kitzeln in meinen Nervenenden.

Danke, sage ich noch mal, als irgendwann nichts mehr nachkommt, also, wirklich. Ich ziehe meine Schuhe an und öffne die Tür, dann mache ich einen Schritt nach draußen. Meine Eltern rücken nach in den Rahmen, meine Mutter klein und dünn, mein Vater um sie herum mit seiner Größe. Wo steht denn dieses Auto?, fragt meine Mutter, als sei sie nicht sicher, ob es tatsächlich existiert. In der Kurve mit den Hecken, sage ich. Sollen wir …?, Ach Quatsch, sage ich schnell. Das ist schon in Ordnung, und als Beweis ziehe ich den Autoschlüssel aus der Hosentasche. Ah, sagt meine Mutter.

Ich würde dann jetzt mal, sage ich und deute mit dem Arm nach hinten, aber nur ganz schwach, weil der Beutel so schwer ist. Ja, sicher, antwortet meine Mutter. Fahr vorsichtig, mein Schatz, und dann noch mal: Mein Schatz. Ich gehe einen Schritt zurück und beuge mich runter zu ihr, und wieder ist es so, als würde alle Spannung aus mir heraustropfen; ich bin kurz ganz aufgeweicht. Sie riecht rein und frisch wie alle Menschen, die schon ein paar Runzeln haben und sich gerne eincremen, deshalb.

Um meinen Vater zu umarmen, muss ich wieder nach oben. Wenn ich mich von beiden verabschiede, dann mache ich es immer in dieser Reihenfolge und nie, niemals andersherum. Meine zerbrechliche Mutter umarmen und sich dann umdrehen und einfach gehen, das fühlt sich an wie eine Straftat, fast. So kann ich mich wieder aufrichten, ich kann meinen Vater drücken und denken, es ist doch nur ein Abschied, es ist doch kein Untergang, und heute ist das wichtiger als jemals sonst. Ich wollte nie dringender weg, aber ich hatte auch noch nie mehr Wärme in mir. Mein Vater ist still währenddessen; als wir uns lösen voneinander, geht er ins Haus zurück, und ich kann ihn kramen hören im Flurschrank. Dann kommt er mit einer angebrochenen Packung Batterien zurück und lässt sie beiläufig in meine Tasche fallen. Für die Taschenlampe, sagt er. Okay, sage ich, und dann nicken wir synchron.

Danach passiert nicht mehr viel, zumindest außen; ich gehe einfach den kleinen gepflasterten Weg vor unserem Haus entlang, es windet von rechts, es wird kühler. Ich weiß, meine Eltern schauen mir nach, ich weiß, sie schweigen gerade und warten mit dem Schließen der Tür, bis ich verschwunden bin, ich weiß das alles, und trotzdem muss ich mich umdrehen, als ich an der Straßenecke stehe. Ich hebe die Hand, sie tun das Gleiche. Dann biege ich ab, und sie sind nicht mehr da.

Der Beutel schlägt gegen meine Knie beim Laufen, die Trageriemen graben sich in die Innenflächen meiner Hand. Das ist unbequem, aber der Weg zum Auto ist kurz, und außerdem denke ich an andere Dinge in diesen Sekunden. Ich denke an die Strommasten, die Ohrenkneifer unter den Bänken an der Kapelle, die Fabrik, die Mehrzweckhalle, den Wendehammer, ich erinnere mich an alles gleichzeitig, wie in einem Wimmelbild. Ich erinnere mich an Mugos Balkon und die dazugehörige Aussicht, und auf einmal steht alles noch dichter beieinander, verkantet und verhakt wie das Innere einer Walnuss, von einer dicken Schale umschlossen.

Ich überlege kurz, ob ich schneller laufen, vielleicht zum Auto rennen soll und dann die Tür zuschlagen mit einem ungemeinen Knall. Ob ich beschleunigen soll an der Ortsgrenze, als wollte ich eine Schallmauer durchbrechen, aber vor allem, als wollte ich nie wieder zurückkommen. Ich überlege noch ein bisschen, während ich gehe, und dann kommt mir das lächerlich vor, irgendwie. Je länger ich hier entlanglaufe, desto absurder wird der Gedanke an eine Flucht. Es ist ja nicht einmal jemand auf den Straßen, vor dem ich flüchten könnte, und überhaupt: Dieses Hetzen, das Anlaufnehmen und Nichtzurückschauen, das sich immer so natürlich angefühlt hat nach einem Besuch hier – es ist fort. Ich schaue bloß den Leuten in die Fenster, in die Gärten im Vorbeigehen, ich denke, ich kenne euch, und ich denke auch an Josef und daran, nicht zu böse zu sein. Es ist der leichteste Abgang.

Ich sitze hinter dem Lenkrad, die Tasche neben mir, der Schlüssel in meiner Hand. Hinter mir die leere Ladefläche, dort ist es dunkel und blechern und stickig, bestimmt. Ich denke an die letzte große Fahrt, da war es Nacht und überall Spannung, denn hinter uns lag der Speer, und wir hatten Noahs Angst im Nacken. Der Speer ist jetzt in der Kiesgrube, irgendwo unten im Schlick. Vielleicht wird die Grube mal trockengelegt in zwanzig Jahren, und dann ist es fast ein archäologischer Fund, vielleicht wird bemerkt, dass er zur Athene vom Königsplatz gehört, aber der Rest wird immer ein Geheimnis bleiben. Das gefällt mir: diese Vorstellung, dass wir Menschen ratlos machen, denn oft passiert das andersherum. Ich konzentriere mich auf die Kabine hier mit den gepolsterten Sitzen, auf das viele Glas um mich, und mir wird klar, dass ich jetzt einfach überall hinkann.

Ich stecke den Schlüssel in die Zündung, ich bin bereit. Ich will jetzt los, es ist ein guter Zeitpunkt, aber dann kommt ein kleiner Ton aus dem Armaturenbrett und ein Leuchtzeichen, dass der Tank leer ist. Das ist doch verrückt: Ich habe so viel an der Tankstelle gestanden die letzten Tage; wenn man die beiden Frauen von Freitag fragen würde, hätte ich fast eine überfallen, und nicht ein Mal habe ich daran gedacht, Benzin nachzufüllen. Ein paar Kilometer gehen noch, ein paar gehen immer, ich fahre also los, Richtung Landstraße, und da erst will ich entscheiden.

Es könnte nämlich sein, dass ich das nicht kann, noch mal zu Mugos Tanke am Ortseingang fahren, nicht nach allem, was passiert ist. Darauf will ich vorbereitet sein; ich sage mir, es ist nicht schlimm, vor der Autobahn kommt noch eine zweite, ich kann einfach weiterfahren, und es macht keinen Unterschied. Dann aber, als ich kurz davor bin, als ich beschleunigen könnte von fünfzig auf hundert, passiert etwas Sonderbares: Es ist plötzlich ganz leicht, es ist gar keine Frage mehr. Ich biege ab und lenke zwischen die Tanksäulen, und gerade als ich mir sage, dass es völlig egal ist, ob sie jetzt da ist, sehe ich sie durch die Scheibe hinter dem Schalter stehen.

Ich glaube nicht, dass sich das noch mal ändern wird: dass ich sie jemals anschauen kann aus dem Nichts heraus, und dabei bleibt alles an seinem Platz. Ich glaube, da wird es immer eine Bewegung geben. Sie wird schwächer werden, es ist nicht mehr, wie wenn ein Flugzeug abhebt, eher, wie wenn ein Aufzug anfährt, ein unmerkliches Ausschlagen nach unten, ein Beben, ein Ausbalancieren nach dem ersten Moment, bis alles wieder im Gleichgewicht ist.

So war es immer, und so ist es auch jetzt. Ich steige aus und tanke, währenddessen lehne ich mich an den Transporter, wie es Mugo getan hat, die Stirn am Blech. Ich betrete den Laden, da sind nur wir zwei, niemand sonst. Sie schaut mich schon an, als ich noch draußen bin, ganz furchtlos, der Ernst sitzt ihr im Auge, und während ich auf sie zugehe, merke ich, dass sie recht hat, wieder einmal: Sie muss sich für nichts entschuldigen. Hallo, sage ich, als ich vor ihr stehe. Hallo, sagt sie und macht sonst nichts, als würde sie warten, was noch passiert, und als ich lächle, lächelt sie auch. Sie ist mir fremd auf eine Art, wie sie da so steht, aber nie konnte ich auf einen Blick mehr an ihr sehen.

Du bist die beste Person, die ich kenne, sage ich, denn es ist wahr. Sie schüttelt den Kopf, dass der Zopf hin und her schaukelt, der hinten aus der Kappe guckt. Das stimmt nicht, Martin, sagt sie. Doch, das stimmt, sage ich, und während ich das sage, merke ich, dass ich es leid bin, manche Dinge bloß zu denken. Ich will die Dinge aussprechen, ich will sie ausformen mit meinem Mund. Ich sage, bis vorgestern warst du etwas für mich, eine Actionfigur oder etwas anderes, das man sich ins Regal stellt und ansieht, über Jahre hinweg. Du warst auch vorher die beste Person, die ich kenne, aber die Gründe waren falsch.

Sie atmet ein, gleich wird sie wieder ausatmen, und dabei wird sie etwas antworten, aber ich bin schneller, dieses eine Mal, ich rede einfach weiter.

Ich sage, ich war bei Noahs Großeltern heute Mittag, und die haben eine Haustür aus kariertem Glas, und wenn man da durchsieht, dann bestehen die Menschen aus hunderten Pixeln, und eigentlich tun sie das immer, jederzeit. Das ist wie mit den Puzzleteilen in der Welt, es ist das Gleiche in den Menschen drin. Ich hab deine Pixel nicht gesehen, ich hab gedacht, du bist aus einem Stück gemacht, aus irgendeinem Material gegossen, das war falsch. Ich bin doch keine Statue, sagt sie und schnaubt hinten in der Nase. Ja, weil du eben viel mehr bist, sage ich schnell. Weil alle Menschen unendlich viele Teile haben, aber niemand hat so viele gute Teile wie du.

Das ist Quatsch, sagt sie, ich bin einfach nur gern wütend. Sie streicht mit der Hand über den Tresen, und wieder quietscht es, wie beim ersten Mal, als ich hier war. Ja, sage ich, diese ganzen Teile, das gehört alles zusammen, deine Wut und dein Widerstand aus den richtigen Gründen, und seit ich weiß, dass du nicht weiterweißt manchmal, seit diese ganzen Teile dazugekommen sind ... du hattest recht: Du warst eine Heilige für mich, eine richtige Mutter Gottes, ohne Makel und hässliche Flecken, das war meine Schuld. Ich war sauer am Freitag, aber das war dumm. Ist nur was kaputtgegangen, was es eh nie gab in Wirklichkeit.

Das war viel auf einmal, und Mugo ist es nicht gewohnt, so dazustehen und zuzuhören, aber dafür steht sie ziemlich still. Das ist schön, sagt sie. Und dann: Du bist sehr klug, weißt du das? Na ja, sage ich und schaue auf den Snackständer vor mir, weil ich nicht weiß, wohin sonst. Dann ist es kurz ruhig. Dann sagt sie, hey Martin, leiser als alles vorher, ich will mal was hören. Sag mal meinen Namen. Ich brauche eine winzige Sekunde, um zu verstehen, was sie meint. Maria, sage ich dann, und sie lacht.

Mit allen ihren Zähnen, sogar mit etwas Zahnfleisch – wunderschönes, glänzendes Zahnfleisch –, und es fühlt sich seltsam passend an. Es ist nur ein Name, bloß drei Silben, aber als ich sie ausspreche, wird mir etwas Wunderliches klar, etwas, über das ich nie nachgedacht habe bis zum letzten Treffen. Dass es nämlich Mugo schon gab, bevor ich sie das erste Mal gesehen habe, bevor sie mir ihre große Hand gegeben hat im Klassenzimmer. Das ist doch ein Wahnsinn: Ständig stelle ich mir Menschen vor, wie sie noch Kinder sind, aber bei ihr habe ich das nie getan. Ich habe mir nie bewusst gemacht, dass sie mal sehr klein war und einen Namen trug, den ihr jemand gegeben haben muss, der ihr abends Fischstäbchen gebraten hat, wenn sie vom Spielen nach Hause kam. Ich habe nie nach ihrem Vater gefragt, nie nach ihrem ersten Schultag, nie danach, von wem sie den Namen Mugo hat.

Trotzdem, sagt sie, wenn ich so gut wäre, dann wüsste ich jetzt, wohin und was tun mit meiner Zeit, und ich würde nicht an diesem Ort bleiben aus Angst, zu versagen. Ich hab ja nicht mit allem recht. Das stimmt, sage ich, und dabei denke ich an Noah, wie er die Tassenscherben aufklaubt, an seine warme Umarmung, an die weiche Hand meiner Mutter mit einer Tomate in der Mitte. Ich bleib aber dabei, sage ich, du hast mir alles beigebracht, also das Meiste, das Wichtigste, ich wär sonst ganz wer anders.

Ach was, sagt sie, aber sie lächelt wieder. Doch, rufe ich, du warst so wild und so witzig und wie ganz viel Wetter auf einmal. Du hast mich so überrumpelt, ich wusste gar nicht, warum nicht jede Frau wie du sein kann, und selbst das hast du mir erklärt. Weißt du noch? Keine Ahnung, sagt Mugo. Du hast gesagt, dass Frauen unangepasst sein dürfen, aber nur manchmal und nur auf bestimmte Art. Du hast gesagt, das ist wie mit den Plus-Size-Models, das war eine Regel von dir, erinnerst du dich? Ach ja, sagt sie, und ihr Gesicht klart auf. Ich sage, die dürfen immer nur an bestimmten Stellen dick sein, und an den anderen sind sie weiter schmal und dünn, die Beine, der Bauch, und darum sind so wenige wie du, weil es anstrengend ist, an den falschen Stellen frech zu sein. Frech ist eins von den blöden Wörtern, sagt sie. Stimmt, sage ich.

Ich will, dass sie sich daran erinnert, ich will, dass sie hinter dem Tisch hervorkommt und erkennt, was sie für eine Bedeutung hat für mich, auch wenn sie nicht bei allem recht hatte, auch wenn ich selbst manchmal richtiglag in all dieser Zeit. Ich will, dass sie erkennt, dass ihre Pixel besonders sind und selten und in der Gesamtheit immer noch ein Wunderwerk an diesem Ort.

Ich kann nicht widerstehen. Die Vorstellung, jetzt mit ihr in den Transporter zu steigen, sie neben mir auf der Autobahn und vor uns die Strecke, diese Vorstellung ist trotz allem, was passiert ist, eine gute. Es gab mal eine Zeit, da war das alles, was ich wollte, und ein kleines, nein, ein mittelgroßes Stück von mir will das immer noch. Komm mit mir mit, sage ich. Ich fahre heute, jetzt gleich. Ich habe einen Platz frei und eine riesige Ladefläche.

Nein, sagt Mugo und schüttelt entschieden den dicken Zopf. Aber ich will nicht allein fahren. Am Ende des Tages bist du doch immer allein, sagt Mugo, und am Ende des Jahres und am Ende des Lebens sowieso. Ich sage, ja, aber mein Herz schlägt plötzlich hoch bis in mein Gesicht, drückt gegen meinen Kehlkopf und zertrümmert mein Nasenbein von hinten, wieder einmal. Mugo sagt, der Trick ist, keine Angst zu haben. Wenn man allein ist und merkt, dass das okay ist, dann passiert was. Was denn?, frage ich, obwohl ich fürchte, die Antwort nicht zu hören wegen des Pochens in meinem Kopf. Na, du bist unverwundbar, sagt Mugo und lächelt mit den Eckzähnen. Du bist wie ein Superheld mit einem Schutzanzug. Ich weiß nicht, sage ich, ich glaube, ich wäre einfach nur allein, denn obwohl ich mich so gut gefühlt habe den ganzen Tag, kommen doch die Zweifel wieder.

Es ist ja nicht so, dass du niemanden hast, fährt Mugo fort, da wird immer jemand sein, der dir die Hand auf den Rücken legt, wenn du das brauchst. Immer? Nicht immer, sagt sie, aber wenn es ganz schlimm ist, dann findet sich schon jemand. Ist dann eben nicht so wichtig, wer. Und wenn es jetzt jemand ist und in zwei Jahren jemand anders, dann ist das auch in Ordnung, weil – ich meine ja nur, am Ende ist man allein.

Das klingt aber traurig, sage ich. Vielleicht, sagt Mugo. Aber so lässt sich das alles aushalten. Wenn man sich selbst mag, nur dann. Ich mag mich selbst, sage ich und hebe dabei meine Stimme über das Klopfen im Kehlkopf, mittlerweile. Das ist gut, sagt sie und umklammert meinen kleinen Finger neben der Kasse, dann kommst du auch allein klar.

Ich streichle die Innenfläche ihrer Hand mit der Fingerspitze, ein winziger Kreis, ganz vorsichtig. Mugo hat recht, ein weiteres, ein letztes Mal. Ich werd schon von hier wegfahren, sagt sie aus ihrer alten Zuversicht heraus, sie ist wieder da, sie ist zurück. Aber wenn ich fahr, dann mit der Mittelrheinbahn.

Ich mag das, wie das Wort klingt, wenn sie es ausspricht; wie die einzelnen Silben verschwimmen, als hätten sie immer schon zusammengehört, als würden sie etwas Wunderbares bezeichnen. Wenn ich darüber nachdenke, dann habe ich bei jedem Menschen ein Wort, das ich gern höre. Ich mag, wenn mein Vater Interesse sagt, weil das bei ihm kein Zischen ist in der Mitte, sondern viel weicher als bei allen andern, ich mag, wenn meine Mutter Ohrringe sagt, denn das klingt so voll und rund und dunkel, und bei Mugo ist es eben Mittelrheinbahn.

Gut, sage ich dann, als ich fertig gedacht habe, dann fahre ich jetzt allein. Ich ziehe meine Hand weg. Ich kann mich nicht erinnern, wann das das letzte Mal vorgekommen ist. Ich erinnere mich an das andere Gefühl, das Gefühl, wenn mir ein Finger entgleitet von ihr, ein Arm, die Schulter, aber das hier ist genau umgekehrt, und es fühlt sich passend an.

Ihre Hand liegt jetzt leer auf dem Tresen, es ist keine verlorene, keine zurückgelassene Hand, sondern einfach nur eine Hand, und ehe ich sie weiter ansehen kann, greift Mugo damit neben sich und legt mir eine Packung NicNacs hin. Immer noch?, fragt sie, wie zur Prüfung. Immer noch, sage ich und nicke, und dann stecke ich die Packung in meine Hosentasche. Ich zahle die Tankfüllung, weil wir gerade dabei sind. Wo fährst du denn jetzt hin?, fragt Mugo, denn auch sie spürt das: dass ich jetzt überallhin könnte. Der Tank ist voll, und es gibt niemanden, der auf mich wartet. Nach München, sage ich, erst aus Reflex, aber dann mit Sicherheit, denn das ist mein Ziel, das allererste Mal ist diese Stadt mein Ziel, nur meins. Hast du was vor?, fragt Mugo, und ich antworte, nein, gar nichts. Ich will einfach nur zurück. Okay, sagt Mugo, okay, sage ich; es ist kein richtiges Gespräch mehr, da ist bloß ein übermächtiges Einverständnis und das Bewusstsein, dass ich gleich fort bin, allein.

Ich kann dich nicht rausbringen, sagt Mugo, und sie hat recht damit: Sie arbeitet hier, und außerdem ist jetzt ein zweites Auto zwischen die Tanksäulen gefahren. Gleich wird hier jemand reinkommen und seine Geldkarte zücken, und alles hier wird kaputt sein, deswegen beeile ich mich. Besuchst du mich mal?, frage ich. Mugo sagt, mal sehen, aber dabei nickt sie mit dem Kopf, fast unmerklich. Ich spiegle die Bewegung, ich wippe auf und ab, und dabei denke ich, dass sie wieder so ungreifbar ist gerade wie eigentlich immer schon.

Ich überlege, noch etwas zu sagen, aber da betritt schon jemand den Laden, er ist groß und knickt die Knie nicht ein beim Laufen, und vor allem spürt er nichts von dem, was hier gewesen ist bis vor zwei, drei Sekunden. Sind Sie fertig?, fragt er mich, die Geldbörse schon in der Hand. Ja, sage ich schnell, und dann drehe ich mich um und verlasse den Raum, ohne mich umzusehen.

Als ich mich ins Auto setze, knistert die Packung mit den NicNacs in meiner Jeans. Ich fahre zurück auf die Landstraße. Im äußeren Rückspiegel kann ich jetzt sehen, was ich zurücklasse, es ist eine Tankstelle in einem Vorort, winzig klein aus der Distanz, mit verglaster Fensterfront und weißem Logo auf rotem Dach, der absurdeste Ort der Welt. Ich denke an Mugo, wie sie drinnen steht und arbeitet, und ich spüre wieder das Scheitern, das uns überallhin begleitet, uns alle, auch mich, auch Mugo, und ich weiß gleichzeitig, dass sie sich wieder herausschälen wird, obwohl sie es schwer hat, noch schwerer als alle anderen. Dieses Flattern kommt wieder, fast wie ein Kitzeln, ein leichtes Gefühl diesmal und trotzdem mit ganzer Kraft, ein warmes Gurgeln hinter meinen Rippen, während ich die Landstraße Richtung Autobahn entlangfahre.

Nach den ersten Kilometern kann ich erahnen, wie Noah das macht, wenn er einfach stumm auf eine Grube schaut. Ich denke an ihn, während ich Gas gebe, ich denke an meine Eltern, an Mugo, an Josef, an die anderen und dass sie alle nicht dort sind, wo ich jetzt hinfahre. Ich habe keinen Plan für München, für die Zukunft, aber das macht nichts. Früher dachte ich, jeder Mensch schreibt irgendwann einen Roman, weil es so viele Bücher gibt auf der Welt.

Ich wechsle die Spur, da ist die perfekte Lücke für mich. Vor mir ist Asphalt, neben mir der Lärmschutzwall, und ich merke: Es tut nicht weh. Es ist wie mit einem Socken: Man ist unterwegs und fürchtet ständig, er rutscht vom Fuß, man fürchtet die nackte Haut im Schuh und die Blasen, aber dann rutscht er schließlich ab, und es ist gar nicht schlimm.

Ich fahre weiter, immer weiter. Auf den Schildern steht Koblenz und irgendwann Mannheim und Ulm, und bald sind da keine Wälle mehr links und rechts, sondern gelbsandige Hügel und Dornengebüsch und Windräder und weiter hinten Hochhäuser. Ich strecke meine Hand aus und berühre den Knopf des Radios. Ich lasse meinen Finger darauf liegen für eine Sekunde, dann ziehe ich ihn wieder zurück. Ich brauche keine Musik. Es ist still, und es gefällt mir.

Danke

Vor vielen Jahren haben mir meine Eltern einen kleinen Kalender mit einem Zitat für jeden Tag geschenkt. Auf einem Blatt ganz am Anfang stand ein Satz von Anne Brontë: »Lasst mich nur machen, das ist alles, worum ich bitte: dann werdet ihr schon sehen, was ich kann.« Ich habe diese Seite nie abgerissen. Jetzt möchte ich einigen Menschen danken, deren Unterstützung weit darüber hinausging.

Ich danke meiner Agentin Meike Herrmann und meiner Lektorin Martina Wunderer: Von euch habe ich viel über Literatur und mindestens genauso viel über Begeisterung gelernt. Ich danke Lukas Rietzschel und Bettina Wilpert für die Gespräche und die überlangen Telefonate: Mit eurem Rat ging alles ein bisschen leichter.

Ich danke meiner Mutter Patricia und meinem Vater Frank, meinem Onkel Oliver Kantimm und meiner Großmutter Karin Kantimm für die Sicherheit, in der sie mich haben aufwachsen lassen, und für ihre Zuversicht bei allem, was ich tue.

Ich danke meinem grandiosen Cousin David Heinz sowie Betti Zühlke und Anton Schroeder: Mit euch zusammenzuleben macht mich immer wieder sehr glücklich.

Ich danke Jan Hartmann für seine Ermutigungen, einfach anzufangen, und meiner ältesten Freundin Sonja Nellinger für ihre Anteilnahme, seit wir Kinder sind. Ich danke Claudius Baldauf für alle absurden Gedanken, die nun in diesem Text stecken. Ich danke außerdem meinen großartigen Nachbarinnen und Freundinnen Sarah Marie Neumann, Janka Dold und Sophie Herrmann. Ohne unsere maßlose Liebe zum Frühstücken wäre vieles anders gekommen. Ich danke Tim Preuß dafür, dass er alle Bücher der Welt gelesen hat, um mir dann zu sagen, welche sich lohnen. Danke, dass ich mich so auf deine Freundschaft, deinen Witz und dein Wissen verlassen kann.

Und zuletzt: Ich danke all denen, die je etwas gesagt haben, das so witzig, so wahr, so unverschämt, so traurig, so klug, so schön war, dass ich eigentlich nur mitschreiben musste. Dieses Buch ist nicht für euch, es ist von euch.

Kristin Höller, geboren 1996, aufgewachsen in Bonn, studiert seit 2015 Sprach-, Literatur- und Kulturwissenschaften in Dresden. Freie Mitarbeit bei mehreren Zeitungen und Zeitschriften, Artist in Residence beim Prosanova-Festival 2017, Gewinnerin des Publikumspreises und des Preises des Buchhandels beim 10. Poet|bewegt sowie des Preises des Schweizer Literaturfestivals Literaare 2018. Seit Oktober 2017 ist sie Mitveranstalterin von OstKap, der Dresdner Lesereihe für junge Literatur. *Schöner als überall* ist ihr erster Roman.